莫泊桑
中短篇
小说全集

Guy de Maupassant

CONTES ET
NOUVELLES DE
GUY DE MAUPASSANT

莫泊桑中短篇小说全集

CONTES ET
NOUVELLES
DE GUY DE
MAUPASSANT

小洛克
La Petite Roque

〔法〕莫泊桑 ◆ 著　　张英伦 ◆ 译

Guy de Maupassant
CONTES ET NOUVELLES DE GUY DE MAUPASSANT

图书在版编目（CIP）数据

小洛克 /（法）莫泊桑著；张英伦译 . -- 北京：人民文学出版社，2025. --（莫泊桑中短篇小说全集）.
ISBN 978-7-02-019052-2

Ⅰ. I565.44

中国国家版本馆 CIP 数据核字第 20240P65T0 号

吉·德·莫泊桑
Guy de Maupassant
1850—1893

译者与法国莫泊桑研究专家
让－马克·格兰摄于诺曼底海边

张英伦

作家、法国文学翻译家和研究学者、中国作家协会会员、旅法学者。

◆ 一九六二年北京大学西语系法国语言文学专业本科毕业。一九六五年中国社科院外国文学研究所研究生毕业。曾任中国社科院外国文学研究所研究生导师、外国文学函授中心校长、中国法国文学研究会常务副会长、法国国家科学研究中心研究员。

◆ 著作有《法国文学史》(合著)、《雨果传》、《大仲马传》、《莫泊桑传》、《敬隐渔传》等。译作有《茶花女》(剧本)、《梅塘夜话》、《莫泊桑中短篇小说选》、莫泊桑中短篇小说分类五卷集、《奥利沃山》等。主编有《外国名作家传》、《外国名作家大词典》、"外国中篇小说丛刊"等。

保尔 · 奥朗道尔夫插图本《小洛克》卷封面

La Petite Roque

Par Guy de Maupassant

Librairie Paul Ollendorff (1903)

Illustrations de Jules Grandjouan

Gravées sur bois par Georges Lemoine

本书根据法国保尔·奥朗道尔夫出版社出版的
插图本莫泊桑全集《小洛克》卷（1903）翻译

插图画家：于勒·格朗儒安
插图木刻家：乔治·勒姆瓦纳

译者致读者

吉·德·莫泊桑（1850—1893）是十九世纪法国文坛一颗闪耀着异彩的明星，他的《一生》《漂亮朋友》等均跻身世界长篇小说名著之林，而他的中短篇小说创作尤其成就卓著，影响广泛且深远，为他赢得"短篇小说之王"的美誉。

莫泊桑的中短篇小说深深植根于现实的土壤，题材广泛，以描摹他那个时代法国社会风俗为主体，人生百态尽在其中。对上流社会的辛辣批判和对社会底层的诚挚同情，是贯穿其中的令人瞩目的主线。他的慧眼独到的观察，妙笔生花的细节描写，在法国后期现实主义小说创作中出类拔萃，发扬法国文学的悠久传统，他的小说作品，无论挞伐、针砭、揶揄、怜悯，喜剧性手法是其突出的特色。

莫泊桑的中短篇小说，绝大部分首先发表于报刊，之后收入各种莫氏作品集。仅作家在世时自编的小说集就有十五种之多。

后世出版的莫泊桑作品集,影响最大的当推保尔·奥朗道尔夫出版社出版的《插图本莫泊桑全集》(1901—1912)。这套全集里的中短篇小说部分共十九卷,其中的十五卷篇目和目次均与莫氏自编本基本相同,即:《山鹬的故事》(1901)、《密斯哈丽特》(1901)、《菲菲小姐》(1902)、《伊薇特》(1902)、《于松太太的贞洁少男》(1902)、《泰利埃公馆》(1902)、《月光》(1903)、《图瓦》(1903)、《奥尔拉》(1903)、《小洛克》(1903)、《帕朗先生》(1903)、《左手》(1903)、《白天和黑夜的故事》(1903)、《无用的美貌》(1904)、《隆多利姐妹》(1904);另有四卷为该出版社补编,即:《巴黎一市民的星期日》(1901)、《羊脂球》(1902)、《米隆老爹》(1904)、《米斯蒂》(1912)。这十九卷共收莫泊桑中短篇小说二百七十一篇。

我现在译的这部《莫泊桑中短篇小说全集》是以奥版《插图本莫泊桑全集》上述十九卷为蓝本,另将奥版未收的三十五篇作为补遗纳入十九卷中的九卷,迄今发现的三百零六篇莫氏中短篇小说尽在其中,并配以奥版的部分插图,可谓图文并茂。我谨将它奉献给我国无数莫泊桑作品的热情爱好者。

我译的这卷《小洛克》共有小说十篇，前面九篇是奥版插图本的完整再现，它删去了莫泊桑自编小说集《小洛克》（1886）中的《得救了》，我又增选了奥版未收的《一个疯子写的信》。

莫泊桑自编本《小洛克》问世当年就被译成西班牙文、意大利文等多种文字，也是莫泊桑自认为最佳的小说集之一。表现患难中的美妙爱情的《失事的船》、对年轻时荒唐生活种下的恶果追悔莫及的《隐士》、对备受出身和门第观念损害的弱者满纸同情的《珍珠小姐》、刻画心胸狭窄的老农的《阿马布尔老爹》，都是情文并茂可圈可点的佳作。中篇小说《小洛克》对主人公犯案后神秘诡异的精神裂变的描写饶有特色，与同一时期的《一个疯子写的信》有着内在的一致性，开了莫泊桑奇幻小说的先河，为稍后问世、以两稿《奥尔拉》为高峰的莫氏奇幻小说做了很好的铺垫。

张英伦
二〇二二年十二月五日

目 录

小洛克	001
失事的船	061
隐士	085
珍珠小姐	103
罗萨丽·普吕当	137
关于猫	149
帕里斯太太	165
于莉·罗曼	183
阿马布尔老爹	201
一个疯子写的信	243

小洛克*

＊ 本篇首次发表于一八八五年十二月十八日至二十三日的《吉尔·布拉斯报》；一八八六年首次收入维克多·阿瓦尔出版社出版的莫泊桑小说集《小洛克》。

1

乡村邮递员梅德里克·隆佩尔,本地人都亲切地叫他梅德里。这一天,他像往常一样按时从鲁伊-勒托尔邮局出发。他迈着老兵的大步穿过小城,先经过维约姆牧场,来到布兰迪河边,然后沿着河岸走向卡尔沃兰村。他要从那儿开始递送邮件。

他沿着这条狭窄的河很快地走着。河水冒着泡,低声抱怨着,在青草夹岸的河床里,柳树搭成

的拱廊下,翻翻滚滚,湍流不息。一块块巨石拦住流水,在它们周围隆起一个水圈,仿佛是一条条最后用泡沫结成的领带。有些地方,形成一尺来高的瀑布,不过往往在叶丛下,在藤萝下,被绿荫遮蔽着,隐而不见,只听到愤怒或者温柔的巨响。再往前,河岸变宽了,出现一个平静的小湖,在静静的湖底漂浮着游丝似的绿色水草,鳟鱼在其中来往穿梭。

梅德里克闷着头往前走,什么也不看,只想着:"第一封信送给普瓦弗隆家,然后的一封送给勒纳尔岱先生;所以我必须穿过大树林。"

他那件用黑皮带束腰的蓝罩衫,随着他快速而又有规律的步子在柳树排成的绿篱间穿行;他那根拐杖,一根冬青木棍,和他的腿同步,在他身体的一侧移动。

一根树干搭在两岸,架成一座独木桥;两岸各插一根小木桩,拉一条绳子做成扶手,梅德里克就从这座桥上跨过布兰迪河。

大树林属于勒纳尔岱先生,他是卡尔沃兰村的村长,也是当地最大的地主。大树林里尽是像石柱一样笔直的参天古木,在河的左岸,绵延两公里,布兰迪河成了这片绿树编织的广阔顶棚的边界。沿着河边,大簇大簇的灌木在阳光烘烤下长得非常茂盛；但是在大树林下面却什么也没有，只有苔藓，厚厚的、柔韧的、绵软的苔藓，在凝滞的空气里散发出腐叶朽枝的淡淡的霉味。

梅德里克放慢了脚步，摘下带红饰条的黑军帽，擦了擦脑门上的汗；尽管还不到早上八点，牧场上已经很热。

他刚把帽子戴上，重新加快脚步，忽然看到一棵树的底下有一把刀，一把孩子用的小刀。他弯下腰捡这把刀时，又发现了一个顶针；接着，再过去两步远，又有一个针盒。

把这几件东西捡起来以后，他想："我要把它们交给村长先生。"他又赶起路来；不过现在他留神看了，料想还会发现别的东西。

他忽然停下来，就像撞上一根木杆似的；因为在他前面十步远的苔藓上，仰面躺着一个浑身赤裸的孩子的躯体。这是个十二岁左右的小姑娘。她两臂伸展，两腿叉开，脸上蒙着一块手帕。两个大腿上沾着一点儿血。

梅德里克踮着脚尖轻轻走过去，就好像生怕弄出声响，担心发生什么危险似的；他还把眼睛睁得老大。

这到底是怎么回事呢？她也许在睡觉吧？可是他又想，早上七点半钟，绝不会有人这样一丝不挂地在阴凉的树底下

睡觉。这么说,她死了;他眼前展现的是一桩罪行。想到这里,他不由得打了个寒战,虽然他是个老兵。再说,这种事在本地是那么罕见,凶杀,而且杀害的是一个孩子,他简直不能相信自己的眼睛。可是,她身上没有一点伤痕,只是大腿上有点儿凝结了的血迹。她是怎样被杀死的?

他走到她身旁停下,拄着木棍仔细看。他肯定认识她,因为他认识这一带所有的居民。但是,看不到她的脸,他没法猜出她是谁。于是他弯下腰,要拿掉蒙在她脸上的手帕。可是手刚伸出去又停下来,因为他想到了一个问题。

在司法当局还没有鉴定之前,他有权挪动任何东西从而破坏尸体的现状吗?他想象中的司法就像一位明察秋毫的

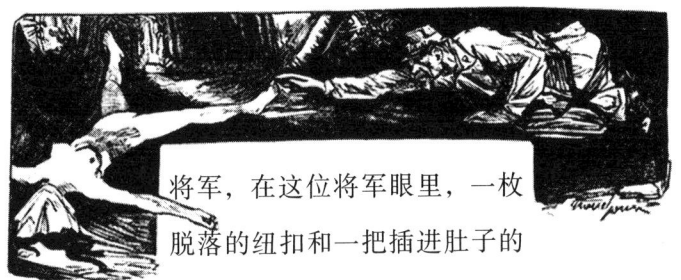

将军,在这位将军眼里,一枚脱落的纽扣和一把插进肚子的刀同等重要。在这块手帕下面,司法人员也许能发现至关紧要的证据。总之,它是一个证物;一只笨拙的手动它一下,就可能让它失去价值。

于是,他直起身子,打算跑去找村长先生。但是又一个想法让他停住了。倘若小女孩还活着呢?他不能就这样把她扔下不管。他慢慢地跪下来,出于谨慎,离她挺远的,伸出手去摸她的脚。脚是凉的,而且冰凉,是那种死人的肉体让人恐怖的冰凉,不容置疑了。这一摸,正如邮递员后来说的,他感到心惊肉跳、口干舌燥。他猛地站起身,在大树林下向勒纳尔岱先生的家跑去。

他把木棍夹在腋下,紧握着拳头,头向前倾着,一路小跑。他挎着的装满信和报纸的皮包,有节奏地拍打着他的腰。

村长的住宅位于树林的尽头,树林成了它的花园;而宅院围墙的一角，浸在布兰迪河流经这里形成的一个小水塘里。

这是一座用灰色石头筑成的古老的方形大宅院，古时曾屡遭围攻，最后在水里建了一个二十米高的巨大塔楼。

从前，人们就是从这座城堡的高处监视全乡。人们也说不准究竟为什么，都叫它"勒纳尔①塔"；这个名称大概来自勒纳尔岱这个姓，据说两百多年来，这块领地始终为同一个家族所有，历代业主都姓勒纳尔岱。大革命②前，在外省经常可以遇到几乎贵族化了的资产阶级，勒纳尔岱家族就属于这一类。

邮递员几乎是冲进了仆人们正在吃饭的厨房，高喊着："村长先生起来了吗？我要立刻跟他说话。"人们知道梅德里克是个有分

---

① 勒纳尔：法文 Renard 的音译，作为普通名词意为"狐狸"。
② 大革命：指十八世纪末的法国资产阶级革命。

量、有威望的人，立刻明白一定是发生了什么严重的事。

勒纳尔岱先生得到通报，叫人把他带进来。邮递员脸色苍白，气喘吁吁，手里拿着军帽。他看到村长正坐在一个长桌前，桌子上散乱地摆满了文件。

勒纳尔岱先生肥胖而又高大，身体笨重，脸色通红，壮得像一头牛；他深受本乡人的喜爱，虽然他极其粗暴。他将近四十岁，半年前丧偶，在自己的土地上过着乡绅的生活。暴躁的脾气经常给他惹来麻烦的官司；不过鲁伊-勒托尔的法官们都跟他是朋友，对他宽宏大量，不给他张扬，而且总能帮他脱身。有一天，因为差点儿轧死他的猎犬米克马克，他不是把公共马车夫猛地从座位上推下车吗？因为他端着枪穿过邻居的土地，猎场守卫对这件事做了笔录，他不是把人家的肋骨都打断了吗？专区一位副区长行政视察时在本村停留，勒纳尔岱因为本家族传统上属于政府的反对派，他不是竟然揪住副区长的领子，硬说人家来做竞选宣传吗？

村长问："究竟发生了什么事，梅德里克？"

"我发现一个小女孩死在您的大树林里。"

勒纳尔岱霍地站起来，脸顿时变成砖一样的红棕色：

"您说什么……一个小女孩？"

"是的，先生，一个小女孩，一丝不挂，仰面躺在地上，身上有血，死了，一口气也没有了！"

村长肯定无疑地说："他妈的，我敢打赌是小洛克。刚才有人告诉我，她昨天晚上没有回家。您在什么地方发现她的？"

邮递员说了地点，交代了一些细节，并且自告奋勇要带村长到那儿去。

不料勒纳尔岱突然变得很粗暴："不。我用不着您。您只管马上替我通知护林人、村政府秘书和医生，然后接着去送您的信。快，快，快去，告诉他们到大树林底下跟我会合。"

邮递员是个严守纪律的人，他遵照命令，走了出去；但是，不能参加现场侦查，他又恼火又遗憾。

村长也向外走。他拿起他的帽子，一顶柔软、边檐很宽的灰色大毡帽，在住宅门口逗留了几秒钟。他的眼前是一片宽广的草坪，草坪上闪耀着红、蓝、白三大块色斑，那是三个鲜花盛开的大花坛，一个正对他家的大门，另外两个每边一个。再远处，大树林最近的一排乔木直插云霄；左边，越过布兰迪河拓宽形成的水塘，看得见一马平川的长长的绿色牧场，一条条沟渠和一排排柳树纵横其间；这些柳树就像畸形的怪物，经过不断的剪枝，变得低矮而又粗壮，短而粗的树干上顶着一簇颤颤巍巍的毛发似的细枝。

右边，马厩、库房和所有属于他的产业的房舍后面，就是村庄。这个村子很富，村民都是养牛的。

勒纳尔岱慢慢走下门前的台阶，向左拐，走到河边；然后，手抄在背后，沿着河边缓步向前。他低着头一路走去，不时地向周围看一眼，看看是不是有他派去找的人赶来。

村长来到树荫下停住，像梅德里克刚才做的那样，摘掉帽子，擦擦脑门，因为七月的烈日正把热浪像火雨一般倾泻在大地上。然后他继续走起来；不过他再一次停下，往回走。他突然弯下腰，把手帕在脚边流淌的河水里浸了浸，铺在头顶，压在帽子下面。水滴顺着鬓角流在他那总是紫色的耳朵上，流在粗壮、通红的脖子上，然后一滴一滴地流到他的白衬衫的领子里。

仍然没有人来，他开始跺起脚来，接着就高呼："喂！喂！"

右边有个声音回答："喂！喂！"

医生从树下走出来。这是个精瘦的小矮个儿，退伍的外科军医，这一带的人都公认他医术高明。他服役期间受过伤，腿瘸，走路时拄一根手杖。

接着又远远看见护林人和村政府秘书；他们同时得到通知，所以一块儿赶来。他们慌慌张张，跑得上气不接下气，走一段，跑一段，行色匆匆；胳膊甩得那么带劲，好像胳膊比腿还要管用。

村长对医生说："您知道发生了什么事吗？"

"知道，梅德里克在树林里发现了一个死去的孩子。"

"那好，我们走吧。"

他们并排走起来，另外两个人跟在后面。他们的脚步落在苔藓上毫无响声；他们的眼睛向前方搜寻着。

拉巴尔波医生突然伸出胳膊：

"瞧，在那儿！"

远远的树下，可以看到一个明晃晃的东西。如果不是已经知道那是什么，他们绝对猜不到。那东西似乎闪着光，它那么白，人们会以为是一件掉在地上的衬衫，因为透过树枝间隙射下的一道阳光照亮了肚子上白皙的肉，形成了一个很大的斜形的光带。他们越向前走，那东西的形状也就看得越清晰：蒙着的脸朝着河，两条胳膊像钉在十字架上一样张开。

"我热死了。"村长说。

他弯下腰，再一次把手帕浸在布兰迪河里，然后放在额头上。

医生被这个发现所吸引，加快了脚步。他一走到尸体旁，就俯下身去查看，不过并不碰它。他就像观察一件稀奇物件似的，戴上一副夹鼻眼镜，绕着尸体慢慢地移动。

他仍然俯着身子，说："我们马上就能证实，这是一起强奸加谋杀案。瞧她的胸脯，这个小女孩几乎是个成熟的女人了。"

两个已经相当丰满的乳房，由于人死了而已经变软，塌在胸脯上。

医生轻轻拿掉盖在死者脸上的手帕。女孩的面容

露了出来,脸色铁青,非常恐怖,舌头伸在外面,眼球鼓了出来。他接着说:"显然,那人干完了事就把她掐死了。"

他触摸着死者的脖子,说:"用手掐死的,而且没有留下任何特别的痕迹,既没有指甲印,也没有手指印。好啦。是小洛克,没错。"

他小心翼翼地把手帕恢复原位:"我已经无能为力,她死了至少十二个小时了。应该立刻报告检察官。"

勒纳尔岱站着,手抄在背后,目不转睛地看着躺在青苔上的小尸体,喃喃地说:"多么可怜啊!一定要找到她的衣服。"

医生触摸着尸体的手、胳膊和腿,说:"她大概刚洗完澡。衣服应该就在河边。"

村长命令道:"你,普兰希普(村政府的秘书),替我沿着河边去找她的衣服。你,马克西姆(护林人),你跑步到鲁伊-勒托尔去,把预审法官和宪兵一起找来。请他们务必在一小时内赶来。听明白了吗?"

两个人立刻出发了;勒纳尔岱对医生说:"在咱们本地,哪个坏蛋能干出这样的事呢?"

医生喃喃地说:"谁知道呢?谁都可能干出这种事。在特定情况下,谁都可能;在一般情况下,谁都不可能。不管怎么说，也许是一个游民，或者一个失去工作的工人。自从成立了共和国，大路上尽是这种人。"

两个人都是波拿巴分子①。

村长接过他的话，说："是的，干这种事的只能是一个外来人，一个过路人，一个无家可归的流浪汉……"

医生皮笑肉不笑地补充道："和没有老婆的人。吃不好，睡不好，他就另找解决的办法了。我们没法知道，世界上哪些人，会在哪个既定的时间犯下大罪。您早就知道这个小女孩失踪了吗？"

医生用手杖的尖儿，一个个地点着死者的僵硬的手指，就像在按钢琴键似的。

"是的。她母亲昨天晚上九点钟光景来找过我，因为七点钟吃晚饭的时候孩子还没回家。我们在几条大路上喊她，一直喊到半夜；不过我们根本没有想到大树林。再说，要进行真正有效的搜索，也得等天亮。"

"您想抽支雪茄吗？"医生问。

"谢谢，我不想抽。看到这个我有点不舒服。"

---

① 波拿巴分子：指法兰西第二帝国皇帝拿破仑三世的拥护者。一八七〇年第二帝国被推翻，成立了法兰西第三共和国，这些人对共和国持敌对态度。

他们面对着少女的尸体站着。这具单薄的尸体躺在深色的苔藓上,显得格外苍白。一只蓝肚子的大苍蝇沿着一条大腿爬;在血迹上停了一会儿,又离开,继续向上,一颠一跳地快速爬过肋部,登上一只乳房;然后又下来,去攀爬另一只乳房,好像在这死人身上寻找什么可以喝的东西。两个人注视着这个移动的黑点。

医生说:"皮肤上有一只苍蝇,这多么美啊!上个世纪的贵妇们很聪明,她们爱在脸上贴一颗假痣。这个习惯怎么会失去了呢?"

村长似乎根本就没有听见他说话,他完全陷在沉思中。

不过一阵响声让他吃了一惊,他突然转过身去。原来一个戴无边软帽、围着蓝围裙的女人从树林里跑过来。那是小女孩的母亲洛克大妈。她远远看见勒纳尔岱,就喊叫起来:"我的孩子,我的孩子在哪儿?"她是那么惶恐,根本就没往地上看。一下子看到了,她顿时站住,合起两手,举起双臂,就像一头被人宰割的牲口那样,发出撕肝裂肺的尖叫。

接着,她就冲到尸体旁,跪倒在地上,像抢什么东西似的,扯掉蒙在死者脸上的手帕。一看到那张扭曲、铁青、可怕的面孔,她震惊得猛地抬起身子,接着便脸朝地栽倒,对着厚厚的苔藓发出连续不断的惨叫。

她的衣服紧贴着的又高又瘦的身躯剧烈地抽搐着,痉挛着。透过粗糙的蓝袜子,看得见她的枯瘦的脚踝和干巴的腿肚子在可怕地战栗;她用钩子般的手指挖着泥土,就像要挖个洞,钻进去似的。

医生非常感动,喃喃地说:"可怜的老太婆!"

勒纳尔岱肚子里发出一种奇怪的响声;接着从鼻子和嘴里同时打了一个响亮的喷嚏;继而从口袋里掏出一个手帕,捂着脸哭起来,又是咳嗽,又是抽噎,还响亮地擤鼻子。他泣不成声地说:"该……该……该……该死的畜生,竟然做出这种事……我……我……真想看到他上断头台……"

这时普兰希普回来了,空着手,神情沮丧。他低声说:"我什么也没找到,村长先生,哪儿都没有。"

村长吃了一惊,用带着哭腔的含混的声音回答:"你没找到什么？"

"小女孩的衣服。"

"那就……那就……再去找……而且……而且一定要找到……否则我要找你算账。"

村政府秘书知道这个人违逆不得；他怯生生地扫了一眼那具尸体，就又走了，尽管他已经失去信心。

树林里远远传来说话的声音，乱乱乎乎的嘈杂声，一群人逐渐走近的声响；因为梅德里克在送信的时候，已经把这个消息传得家喻户晓了。本地的人，先是震惊，在街坊邻里之间嘀咕；继而聚集起来，学舌、探讨、议论了一会儿；而现在，他们正在赶来，要亲眼瞧瞧。

他们三五成群地走来，因为对即将看到的场面心怀恐惧，都有点迟疑和不安。他们远远看到尸体就停下来，不敢再靠近，窃窃私语着；后来他们鼓起勇气，向前走了几步，又停下来；然后他们又向前走，很快就把死者、死者的母亲、医生、村长团团围住，形成一个厚厚的包围圈，人头攒动，一片喧嚷；在后来的人的猛烈推搡下，包围圈逐渐缩小。他们很快就紧挨着尸体了。有几个人甚至弯下腰去触摸尸体。医生忙把他们拉开。这时村长也突然从麻木的状态中清醒过来，大发雷霆，抓起拉巴尔波医生的手杖，冲向他管制下的民众，结结巴巴地说："给我滚开……给我滚开……你们这帮没有教养的家伙，给我滚开……"一眨眼工夫，好奇的围观队伍便拉宽到二百米。

洛克大妈这时已经爬起来，翻了个身，坐在地上；她两手捂着脸，痛哭流涕。

人群里议论纷纷；小伙子们贪婪的眼睛，在这裸露的年轻的身体上搜索着。勒纳尔岱发现了，猛地脱下自己的布上衣，扔在小女孩身上；她的身体整个儿消失在那件肥大的衣服下面。

好奇的人们又慢慢围拢来，大树林里挤满了人，茂密的枝叶下响着持续不断的嘈杂声。

穿着衬衫的村长始终站着，拿着手杖，做出准备战斗的姿态。他似乎对群众这样好

奇非常恼火，不停地说："你们谁敢过来，我就像打狗那样敲碎他的脑袋。"

农民们都很怕他，离得远远的。拉巴尔波医生抽着烟，坐在洛克大妈身边，跟她说话，试图开导她。大妈很快就把捂着脸的双手放下来，眼泪汪汪地打开了话匣子，滔滔不绝地倾诉起她的苦情。她讲述她的整个身世，她的婚姻，她丈夫的死；她丈夫是放牛的，被牛角挑死了；她说到女儿的童年，她们孤儿寡母没有任何收入的生活多么悲惨；除了小路易丝，她什么也没有；而现在却有人把她杀了，在这个树林里把她杀了。突然，她要再看看女儿，于是跪着挪动到尸体旁边，把盖在上面的衣服掀开一角；然后放下衣服，又开始哭号起来。人群默默无言，全神贯注地看着这个母亲的每一个动作。

这时突然发生了一阵强烈的骚动，有人喊道："宪兵来啦！宪兵来啦！"

两个宪兵在远处出现；他们正快步跑过来，护送着自己的队长和一个留着红棕色颊髯的矮个子先生。这矮个子先生骑在高大的白色母马上，像猴子似的颠动着。

护林人好不容易找到预审法官普图安先生。他正跨在他的马上做每日例行的散步，摆出英俊骑士的各种架势，让军官们看得乐不可支。

他和宪兵队长一起下了马，和村长、医生握了手，同时向被盖着的尸体鼓起来的上衣投去探询的目光。

他了解情况以后，首先吩咐疏散群众，宪兵们把人群赶出了大树林；可是这些人很快又出现在牧场上，形成一道人篱，一道排在布兰迪河对岸的激动、喧嚷的人篱。

医生接着也做了介绍。勒纳尔岱把他说的用铅笔写在记事本上。各种调查都做完了，笔录了，议论了，也没有发现任何线索。这时普兰希普回来了，他仍然没有找到衣服的任何踪迹。

衣服丢失让所有的人都大惑不解；除了抢劫，谁也没法解释这件事。不过这些旧衣服值不了二十苏①，说是抢劫也令人无法接受。

预审法官、村长、宪兵队长和医生，他们也两人一组，亲自沿着河边找起来。哪怕是一堆小树枝，他们也要拨开看看，绝不放过。

---

① 苏：法国旧时辅币，五生丁等于一苏，二十苏等于一法郎。

勒纳尔岱对法官说:"这个恶棍把旧衣服藏起来或者带走,让尸体无遮无盖,暴露在光天化日之下,究竟是为什么呢?"

法官精明而又敏锐,答道:"嘿嘿!也许是一个圈套吧。犯下这个罪行的,可能是一个粗人,但也可能是一个老谋深算的坏蛋。不管是哪种情况,我们一定能找到他。"

传来一阵车轮滚动声,他们不禁转过头去:代理检察官、法医和书记员到了。大家一边热烈讨论着,一边又继续寻找。

勒纳尔岱突然说:"你们知道吗,我留各位吃午饭?"

众人都微笑着表示接受;法官觉得,为小洛克的事,这一天大家已经相当辛苦了,就转身对村长说:

"我是不是可以让人把尸体运到您那儿暂放一下?您总能腾出一个房间替我保存到今天晚上吧。"

村长有些不知所措,结结巴巴地说:"行,不……不行……说实话,最好不要让这尸体进我家……因为……因为我的仆人们……他们……他们已经在谈论我的塔楼……勒纳尔塔楼……闹鬼了……您要知道……我可能连一个仆人也留不住了……不行……最好别把它放在我家。"

法官笑了笑,说:"好吧……我叫他们马上运到鲁伊去进行法检。"他转身问代理检察官,"我是不是可以用一下您的车?"

"当然,完全可以。"

大家又都回到尸体旁。洛克大妈还坐在女儿身旁,拿着她的手,目光茫然、呆滞地望着前方。

两位医生试图把她带走,免得她看到起运她女儿尸体的场面。但是她立刻明白人们要做什么,马上扑到尸体上,把它紧紧搂住。她趴在尸体上面,叫喊着:"你们不能把她拉走,她是我的,她是我的。有人杀了我女儿;我要留着她,你们不能把她拉走!"

在场的那些男子汉都被搅弄得心里很乱,没了主张,呆呆地围着她站着。勒纳尔岱跪下来对她说:"听着,洛克大妈,为了知道谁杀了她,必须这样做;不这样,就不可能知道;一定要找到这个人,惩罚他。等我们找到这个人,就会把女儿还给您。我向您保证。"

这个理由打动了洛克大妈,她如癫似狂的目光里焕发出一股仇恨的光

芒:"这么说,你们一定能抓住这个人了?"她说。

"当然了,我可以向您保证。"

她直起身子,决定让这些人去搬了。不过宪兵队长低声说了一句:"找不到她的衣服,这事儿很蹊跷。"这倒让一个先前还没有的新的想法,突然进入她这农妇的头脑。她问道:

"她的衣服弄到哪儿去了;那是我的。我想要。衣服哪儿去了?"

有人向她解释衣服没有找到。但她还是不顾一切、执拗地非要不可,一边哭,一边哭号:"那是我的,我要这些衣服;衣服在哪儿,我要这些衣服。"

人们越想让她安静下来,她哭得越起劲,无休无止。她不再要尸体,转而要衣服,要她女儿的衣服。这可能是出于穷苦人对钱财的无意识的贪欲,因为对她来说一个硬币简直就等于一笔财富;当然,这也可能是出于单纯的母爱。

人们用勒纳尔岱家找来的被单把小女孩的尸体包裹好,装进车里,老太婆站在树底下,由村长和宪兵队长搀扶着,还在喊叫:"我什么也没有了,什么也没有了,在这个世界上什么也没有了,连她的小软帽也没有了,她的小软帽;我什么也没有了,什么也没有了,连她的小软帽也没有了。"

本堂神父刚刚赶到。他年纪还很轻，却已经大腹便便。他负责送洛克大妈回家。他们一起向村子走去。神父用教会惯用的甜蜜话语许诺她会得到上千种补偿，母亲的悲伤果然减轻了。但是她仍然不停地重复着："哪怕只是找到她的小软帽也行啊……"她对这个想法的固执，已经凌驾于所有其他的想法之上。

勒纳尔岱远远地喊道："神父先生，过一个小时，您来跟我们一起吃午饭。"

教士回过头，答道："好呀，村长先生。我十二点钟准到您家。"

大家都向村长家走去。透过树枝，可以眺见他家住宅正面的灰墙和矗立在布兰迪河畔的高大的塔楼。

午饭吃了很久，人们一边吃一边议论着这桩罪案。大家的看法不约而同：这起命案是一个游民干的，他偶然路过此地的时候，小女孩正在洗澡。

吃过饭几位司法官员就回鲁伊，临走时表示他们第二天一早再来；医生和神父也各自回去；而勒纳尔岱先去牧场转了很久，然后又来到大树林，手抄在背后慢慢悠悠地散步，直到天黑。

他很早就睡下；第二天预审法官闯进他的房间时，他还在睡。法官搓着双手，得意扬扬地说：

"哈哈！您还在睡觉！听着，我的朋友，今天早上有新情况。"

村长在床上坐起来，问：

"什么新情况？"

"啊！有个很奇怪的事。您应该记得那个母亲昨天一再要她女儿的遗物，特别是女儿的小软帽。今天早上，她打开门的时候，在门口发现了女儿的两只小木屐。这就证明这桩罪行是一个本地人干的，他对这个母亲产生了怜悯。另外，还有邮差梅德里克交给我的死者的顶针、小刀和针盒。也就是说，那个人把衣服拿走藏起来的时候，口袋里的东西掉在地上。在我看来，最值得重视的是木屐；送还木屐这个举动，表明凶手受过一定的道德教育，具有一定的同情心。如果您愿意的话，让我们一起把本地的主要居民挨个儿审查一下。"

村长这时已经起身下床，他马上拉铃让仆人给他端来热水刮胡子。他说："我当然愿意；不过这要用相当多的时间，咱们立刻开始吧。"

普图安先生倒骑在一把椅子上；就这样，即使在房间里，他也继续操演他的骑术。

现在，勒纳尔岱先生对着镜子在下巴上涂满白色泡沫，然后在皮条上鐾了鐾剃刀，又说：

"卡尔沃兰村的首要居民叫约瑟夫·勒纳尔岱,村长,富有的地主,性情粗暴,殴打过护林人和马车夫……"

预审法官笑了起来:"行了,下一个……"

"第二个重要人物是裴勒丹先生,村长助理,养牛的,同样是富有的地主,精明的庄稼汉,很滑头,在一切金钱问题上都很奸诈,不过我认为这个人不可能犯下这种大罪。"

普图安先生说:"下一个。"

勒纳尔岱一边刮胡子洗脸,一边继续对卡尔沃兰村的居民一一做道德上的审查。经过两个小时的讨论,他们的怀疑落在三个可疑分子身上:一个叫卡瓦勒的违禁打猎者,一个叫帕凯的偷捕鳟鱼和螯虾的渔夫,以及一个叫克洛维斯的放牛人。

2

侦查工作进行了整整一个夏天,也没有找到凶手。受到怀疑的和被拘留的人,轻而易举地就证明他们是清白的,检察当局不得不宣布放弃追缉罪犯。

但是这桩谋杀案看来已经使全村受到异乎寻常的惊扰,在居民的心里留下一种不安,一种说不清的惊慌,一种神秘的恐怖感。这感觉不仅是由于没能找到任何线索,而且特别是由于第二天在洛克大妈门前发现了那双木屐,那真是太蹊跷了。由此可以肯定侦查时凶手也在场,他想必还生活在本村。这个想法始终萦绕在他们的脑海,令他们惶惶不可终日,仿佛有一个无形的威胁持续不停地在他们头顶盘旋。

此外,大树林已经变成人们避而远之的恐怖之地,因为人们认为那里有鬼。以前,每个星期天的下午,居民们都到这里来散心。他们在参天大树下的苔藓上闲坐;或者沿着河边走,看鳟鱼在水草下面嬉戏。小伙子们找到几块空地,把地面铲平、捶实,在那里玩滚球戏、九柱戏、瓶塞戏或者弹子戏;姑娘们三五成群,臂挽着臂散步,放开她们爱叫嚷的嗓子唱些刺耳的情歌,走了调的歌声搅扰着宁静的空气,让人像喝了醋似的牙根发酸。而现在,再也没有人到那片浓密高大的绿荫下面去了,仿佛料到在那里总是会发现某个躺着的尸体。

秋天到了,树叶落了。圆圆的、轻盈的树叶飞旋着,夜以继日地飘零,顺着大树坠落;透过树枝,开始看得见天空了。有时,一股强风掠过树梢,原本不间歇然而徐缓的落叶的细雨会突然密集起来,变成隐约有声的倾盆大雨,给苔藓铺上一层厚厚的黄色地毯，走在上面咯吱作响。几乎难以觉察的落叶的低语，那飘浮、绵延、温柔而又忧伤的低语，犹如一种哀吟；而总在坠落的枯叶就像大树流下的眼泪；大树在伤心地哭泣，它们日夜不停地哭泣，因为一年就要结束，因为和煦的晨曦和温暖的晚霞就要结束，因为暖和的微风和明亮的太阳就要结束，也许还因为它们曾经从梢头看到在自己的阴影里发生的罪行，看到在自己的脚下被强奸和杀害的女孩。它们在空旷、荒凉的树林里，在被人们抛弃和恐惧的树林的寂静中哭泣；这树林里，也许只有一个幽灵，那死去的小女孩的幽灵，在孤独地游荡。

被连番暴雨拓宽了的布兰迪河，在两条干燥的河岸和两排单薄光秃的柳树之间流得更加湍急，河水浑浊，仿佛满含怨愤。

勒纳尔岱却突然又来大树林散步了。每天，黄昏降临时，他就走出家门，缓步走下门前的台阶，向大树林走去。他手插在口袋里，若有所思。他在潮湿而又柔软的苔藓上久久地徘徊；而与此同时，从附近飞来、想在高高的树梢上过夜的乌鸦的大军，响亮、凄凉地嘶鸣着，在天空浩浩荡荡地铺开，像一张迎风飘摆的丧事的巨大黑纱。

秋天的晚霞映照得天空殷红如血。有时，乌鸦落在树梢上，把嵌入红色天空的树枝缀满黑色的斑点。接着，它们又突然飞起来，凄厉地叫着，在树林上空重新展开它们的翅膀，组成长长的黑幡。

它们终于栖落在最高的树枝上，逐渐停止它们的聒噪；而越来越深沉的夜色，也把它们黑色的羽毛和夜空混为一体。

勒纳尔岱仍然慢吞吞地在树下游荡；直到天黑得没法再走路，他才回家。他一屁股倒在面对燃旺的壁炉的扶手椅里，把两只潮湿的脚伸向炉火，烤得直冒热气。

不过，一天早上，一个重大新闻在全村不胫而走：村长要砍掉他的大树林。

二十名伐木工人已经在工作。他们从最靠近村长家的那一边开始砍，主人在场，进展很快。

先是打枝的工人顺着树干往上爬。

他们用一个绳圈把自己和树干套起来，先用两只胳膊搂着树干，然后抬起一条腿，用固定在鞋底上的钢刺猛蹬树干。钢刺插进树干，嵌在里面，他们就像踏上一个台阶一样上升一步。他们接着用另一只带钢刺的脚蹬树干，借用这只脚上的钢刺支撑自己，再拔出第一只脚上的钢刺，重复着同样的动作。

每上升一步,他们就把固定身体的绳圈往树干上方挪一下。他们腰间挂着一把明晃晃的小钢斧。他们像一个寄生虫攻击一个庞然巨兽一样,总是缓缓地攀登。他们顺着圆柱似的粗干,搂住它,用钢刺刺它,吃力地往上爬,就是为了去削光它的脑袋。

他们一爬到最下层的树枝就停下,从腰间拔出锋利的斧头砍起来。他们不慌不忙,很有章法,在树枝紧挨树干的地方切割;突然,咔嚓一声,树枝弯了、折了、断了,磕碰着旁边的树往下跌落。最后,树枝摔到地上,发出一声木头断裂的响声,它上面所有细小的枝子还要颤动好一会儿。

等地上铺满残枝,会有另一些人把它们修剪整齐,扎成捆,摞成垛;而仍然立着的树干,就像是一根根奇大无比的标杆,被刀斧的利刃砍削和剃刮过的高耸入云的木桩。

打枝工干完他们的工作,就把他们带上去的绳圈留在又直又瘦的树干的顶上,然后仅凭着鞋上的钢刺,顺着光秃的树干爬下来。接下去,就由伐木工上阵,猛砍树的根部;猛烈的斧凿声在尚存的大树林里回响。

树根上的伤口看来已经凿得够深了,几个工人就喊着有节奏的号子，拽那根固定在树干顶上的绳子；巨大的树干突然断裂，倒在地上，伴随着沉闷的巨响和一阵远处开炮似的震颤。

树林每天都在缩小。大树林的树一批批被砍倒，就像一支军队失去了战士。

勒纳尔岱再也寸步不离；他从早到晚都待在那里，手抄在背后，一动不动，注视着他的大树林缓慢地死亡。每当一棵树倒下，他就在上面踩一脚，就像踏在一具尸体上。他紧接着又把目光转向下一棵树，外表上若无其事，内心里却急不可耐，似乎期待着、盼望着这场屠杀结束后会发生什么大事。

砍伐工作越来越接近发现小洛克尸体的地方。一天，黄昏时分，终于砍到了那里。

因为天空多云，天色阴沉，伐木工们想要收工，打算把放倒一棵巨大山毛榉的活儿推迟到第二天再干。但是村长不同意，坚持要他们立刻把这棵树削光、砍倒。那桩罪行正是在这棵巨树的荫蔽下发生的。

打枝工把这棵被判死刑的树的枝子削光，完成了对它行刑前的化妆；伐木工砍过了树根，五个工人就开始拽系在树干顶上的那根绳子。

可是这棵树纹丝不动；它那粗壮的树干的根部，尽管已经被砍断了一半,却仍然像铁柱一般坚挺。工人们齐心合力,有规律地猛拉,牵拉绳子的身体几乎平躺在地上;从他们气喘吁吁的喉咙里迸发出显示和调节他们的力量的号子声。

两个伐木工,手里握着砍斧,面对这庞然大物伫立着,就像两名刽子手,随时准备给它致命的一击。而勒纳尔岱,手搭在树干上,一动不动,怀着急切而又紧张的心情等着大树倒下。

一个工人对他说:"村长先生,您靠得太近了;树倒下的时候会伤着您。"

他没有回答,更没有后退;他好像准备像角斗士那样亲自抱着这棵山毛榉,把它摔倒在地。

可是突然,那高大的木头圆柱的根部断裂了,仿佛感到疼痛似的,整个树干一直到顶端都在震颤;不过那圆柱只是稍稍前倾,看似要倒,却还在顽抗。工人们兴奋起来,押直了胳膊,更加地用力。但就在根部断裂、树干倾倒之际,勒纳尔岱突然向前一步,然后站住不动,挺起肩膀去迎接这不可抗拒的冲击,这一定会把他砸得粉碎的致命的冲击。

可是那棵山毛榉偏了一点,仅仅在他的腰部蹭了一下,把他撞出五米远,倒在地上。

工人们急忙冲过去搀扶他；他已经自己爬起来，跪在地上，头脑发昏，两眼发花；用手去摸脑门，仿佛刚从一场精神错乱中清醒过来。

等他站起来，大吃一惊的人们纷纷问他是怎么回事，不明白他刚才为什么要那样做。他结结巴巴地回答，是一时迷惑，或者更准确地说是一瞬间有了一个孩子气的想法，以为自己来得及从树下面跑过去，就像顽童们抢着从疾驶过来的马车前跑过去那样，他是在做冒险的游戏。他还说，一个星期以来他就感到有一种越来越强烈的欲望，每当一棵树咯吱作响、就要倒下的时候，他都会自问，是不是能从树底下跑过去而不被砸到。他承认他干了一件荒唐事；但是每个人都会有失去理智的时候，都会有一些幼稚愚蠢的欲念。

他搜索枯肠地找着话，慢吞吞地解释着，声音低沉："明天见，朋友们，明天见。"他一边说着一边离开。

他一回到自己的房间，就在桌子前面坐下，桌子上有一盏带灯罩的明亮的台灯；接着他就两只手捂着脸痛哭起来。

他哭了很久，然后擦擦眼睛，抬头看了看挂钟。还不到六点。他想："到吃晚饭，我还有时间。"他便走过去把房门锁上，然后又回来坐在桌前。他拉开中间的抽屉，从里面取出一把手枪,放在灯光直射着的文件上。钢制手枪亮闪闪的,反射出火焰般的光芒。

有好一会儿,勒纳尔岱用醉汉似的迷乱的目光凝视着这把手枪,然后站起身在房间里踱起步来。

他来来回回从房间这一头走到那一头,时而停一下,又立刻走起来。他突然打开盥洗室的门,把一条毛巾在水罐子里浸湿了,敷在脑门上,就像他在案发那天早上做的那样。他接着又走起来。每当他从桌子前面经过,那把闪亮的手枪就吸引他的目光,挑唆他的手;但是他一直瞟着挂钟,心想:"我还有时间。"

六点半钟敲响了。他便拿起那把手枪,把嘴张得大大的,露出一副可怕的表情,把枪管伸进嘴,仿佛要把它吞下去。他手指放在扳机上,一动不动,就这样待了几秒钟;接着他突然打了一个恐惧的寒战,把手枪吐在地毯上。

他重又倒在扶手椅里,呜咽着说:"我不能。我不敢!天主呀! 天主! 我怎么才能有自杀的勇气! "

有人敲门;他神色慌乱,连忙站起来。一个仆人说:"先生的晚饭准备好了。"他回答:"很好。我这就下楼。"

他捡起手枪,把它放回抽屉;然后在壁炉上的镜子里照了照，看自己的脸是不是太紧张。他脸色红红的，和平常一样，也许比平时更红了一点。如此而已。他走下楼，在饭桌前坐下。

他吃得很慢，像一个不愿再孤独一人待着、故意把吃饭的时间拖长的人似的。接着，仆人收拾餐具的时候，他又在饭厅里抽了好几斗烟，然后才上楼回到自己的房间。

一关好房门，他就查看床底下，打开所有的橱柜，检查所有的角落，搜索所有的家具。接着，他点亮壁炉上的蜡烛，原地转了好几圈，巡视整个房间，恐惧和紧张得脸都抽搐了；因为他知道，就像每天晚上那样，他又要看见她，小洛克，他先强奸而后又掐死的那个小女孩。

那个可怕的幻象每天夜里都会重新开始。首先是耳朵里有一种轰轰隆隆的响声，像是脱粒机，又像是火车在远处的桥上经过。这时他就开始气闷，喘息，难受得必须解开衬衫的纽扣和裤带。他不停地踱步好让血液流通，他试着看书、唱歌，可这一切都徒劳无益。他的思想总是违抗他的意愿，回到凶杀案的那一天，让他把整个案情，它的每一个最隐秘的细节，以及从第一分钟到最后一分钟的每一种最剧烈的感情，都重新感受一遍。

那个可怕的日子的早上，他起床的时候就感到有点头昏脑涨，他以为是天气炎热引起的，所以在房间里一直待到叫他下去吃午饭。吃完饭，他睡了一会儿。接着，傍晚时分，他走出家门，到他的风凉的大树林下去呼吸新鲜空气。

但是，他一走到外面，平原上沉重而又灼人的空气让他更感压抑。太阳仍然高悬在天空，把它热烈的光芒倾泻在滚烫的干旱、饥渴的大地上。没有一丝风吹拂树叶。所有的动物、鸟儿，甚至连蝈蝈儿，都哑然无声。勒纳尔岱来到大树林下，在苔藓上走起来。布兰迪河的水汽向枝叶搭起的巨大绿棚下送来些许凉爽。不过勒纳尔岱还是很不舒服，仿佛有一只看不见的无形的手掐住他的脖子；他几乎什么也不想，再说他脑袋里平常就没有多少思想。三个月来，只有一个模糊的思想萦绕在他的脑海，那就是想再结婚。鳏夫生活令他痛苦，精神上和肉体上都令他痛苦。十年间，他已经习惯了一个女人在他身边，习惯了她的朝夕相守、日常的温存体贴；他有一种模糊然而强烈的需要，需要她的频繁不断的触摸和她的恰逢其时的拥抱。

自从勒纳尔岱太太去世，不知为什么他总是闷闷不乐。

他苦闷，因为再也感觉不到她的连衣裙整天摩擦着他的腿，尤其是再也不能在她的怀抱里安静和销魂。他鳏居还不到半年，就已经在附近物色年轻的姑娘或者寡妇，以便服完丧就能把她娶过门。

他有一颗纯洁的心灵，但这心灵栖居在一个赫拉克勒斯①的强壮的躯体里，一些肉感的形象开始搅乱他，让他睡着醒着都不得安宁。他驱赶它们；它们又回来；他时常微笑着自言自语："我简直成了圣安东尼②。"

这一天早上他有过好几次这种驱之不散的幻象，因此突然产生了一个欲望，要在布兰迪河里洗个澡，凉爽凉爽，冷却一下自己血液中的热望。

他知道不远处有个比较宽比较深的地方，本地人夏天有时会到那里泡一泡。他便向那儿走去。

---

① 赫拉克勒斯：古希腊神话中最著名的英雄之一，他曾完成十二项"不可能完成"的伟绩；解救了被俘的普罗米修斯；参加了伊阿宋的英雄冒险队并协助他取得金羊毛。他的名字已经成为大力士的同义语。
② 圣安东尼（约251—约356）：天主教圣人。他出生于埃及一个信仰基督教的富有农民家中；十八岁时失去双亲；二十岁时施舍家产，在旷野一废弃要塞隐修；二十年间，经受住魔鬼的强攻和诱惑；他和弟子们建立了最早的隐修所。此处勒纳尔岱自喻受到色情蛊惑。

浓密的柳树遮掩着这个清澈的池塘。河水在继续奔流之前就在这里打盹和小憩。勒纳尔岱走到近旁时,仿佛听到一种轻轻的响声,一种轻微的水的汩汩声,不过绝不是荡漾的河水拍岸的响声。他轻轻拨开树叶看去。透过清澈的水波,只见一个小女孩,浑身赤裸,雪白无瑕,正在双手击水,悠然地旋转着身体,微微舞动。

她已经不是个孩子,但也还不是成人;她身体丰腴,已经有模有样,但还保留着发育早、发育快、近乎成熟的小女孩的神态。他不再往前走;他惊讶、紧张得已经不能动弹,一种奇特而又令人兴奋的激情让他喘不过气来;他呆立在那儿,心怦怦直跳,仿佛他的一个肉感的梦境变成了现实,仿佛有一个淫邪的女妖让这个撩乱人心但又太年轻的女孩出现在他眼前;这个农家小维纳斯①,生于小河沟的清流,就像那个大维纳斯,出生在大海的波涛里。

突然,这女孩从水里出来了;她没有看见勒纳尔岱,径直向他这边走过来,找她的衣服穿。因为怕踩到尖利的石子,她迟迟疑疑地迈着小步往前走。她越走越近,他感到有一种

---

① 维纳斯:古罗马神话中的爱与美的女神。

不可抗拒的力量、一种兽性的冲动把自己向她推去；这兽性的冲动撩拨着他的整个肉体，令他意乱神迷，从头到脚一阵战栗。

她在他隐身的那棵柳树后面站了几秒钟。这时，他已经完全丧失了理智，他拨开树枝，向她扑过去，搂住她。她倒下去，惊愕得无力抵抗，恐惧得喊不出声来；他就这样糊里糊涂地占有了她。

他就像做了一场噩梦似的从自己的罪行中清醒过来。女孩开始哭泣。

他说："别哭，你别哭呀。我给你钱。"

但是她不听，她仍然呜咽。

他又说："别哭，别哭，你别哭呀。"

她一面哭喊，一面挣扎着要逃走。

他猛地明白：他完了；于是他卡住她的脖子，要把她的撕肝裂肺的可怕叫喊声堵在她的嘴里。为了逃脱死亡，女孩以绝望的努力继续挣扎；而他也在她充满叫喊声的细脖子上收紧巨大的双手。他那么疯狂地掐，不一会儿就把她掐死了，尽管他并没有想杀死她，而只是想要她住口。

接着，他站起来，吓得不知所措。

她躺在他面前，血迹未干，脸已发青。他正要逃跑，慌乱的心里突然生出一种神秘模糊的本能，正是这本能引导着所有身临险境的人。

他差点儿把尸体抛到河里；但是另一个冲动把他推向了女孩的衣服，他把它们打成一个小包；正好他口袋里有细绳，他就把这一小包衣服捆起来，藏进小河边一棵树的窟窿里，那棵树的树根就浸泡在布兰迪河里。

处理完，他就大步离去。为了让离那里很远、住在本村另一头的农民们能看到他，他到牧场那边兜了一大圈；在惯常的时间回到家吃晚饭，一边吃一边把这次散步的整个过程讲给仆人们听。

这一夜他还是睡着了，而且睡得像个粗鲁人那样沉；有时被判死刑的人也会睡得很沉的。直到曙光出现时他才睁开眼；不过他生怕罪行被揭露，辗转反侧，等到平时醒来的时候才起床。

后来，他不得不参加了所有的调查工作。在整个过程中，他就像梦游症患者始终置身幻境一样，事和人都像是在梦中和醉酒迷茫时看到的；就像大灾大难突发时人们会头脑发昏、不知道是真是假，他始终怀疑这一切是不是真的。

只有洛克大妈的令人心碎的哭号刺进了他的心。那一刻，他差点儿跪倒在老太婆面前，大喊："凶手是我。"但他克制住了自己。不过那天夜里他还是去捞起了死者的木屐，送到她母亲的门外。

只要侦查还在进行，只要他必须引导、还能误导司法的工作，他就能保持镇定，控制住自己，保持着狡黠的微笑。他平心静气地和司法官员们讨论他们头脑里闪现的各种假设，对他们的见解表示异议，证明他们的论证不能成立。他甚至怀着辛酸和痛苦的快意干扰他们的侦查，打乱他们的思路，证实他们怀疑的人的清白。

但是，自从放弃追查那天起，虽然他克制住了自己动辄发火的脾气，他却变得比以前更神经过敏，更容易受刺激。突然的声响会把他吓一跳；一点点小事就会让他发抖；有时一只苍蝇落在他脑门上，他也会浑身战栗。于是他产生了不断活动的迫切需要，这种需要逼迫他做一些匪夷所思的奔波，让他通宵达旦地不眠，在房间里走个不停。

这绝不是因为他受到良心的折磨。他生性粗暴，不会有任何细腻的感情或者道德上的恐惧。他精力充沛，强悍暴烈，生来就是为了作战、踩躏被征服的国家、屠杀战败者；他充满猎人和好斗的人的野蛮本能，在他眼里人命是算不了什么的。尽管出于政治考虑他尊重教会，但是他既不信天主也不信魔鬼，因此也并不认为来生会因为今生的行为而受到惩罚或者奖赏。他的全部信仰还是由上世纪百科全书派①的各种观念合成的一种模模糊糊的哲学；他认为宗教只不过是对法律的一种精神上的认可，两者都是人为了处理各种社会关系而发明出来的。

如果是在决斗中，或者在战争中，或者在争吵中，或者由于意外事故，或者为了报仇，甚至或者仅仅因为吹牛，杀一个人，在他看来都属于有趣和勇敢的事，不会比向野兔开枪在他的心灵上留下更多的痕迹；不过杀害这个女孩却让他感到深深的不安。他当初是在不可抗拒的狂乱中，在让他失去理智的性欲的风暴中犯下这桩罪行的。他在心灵里、肉体里、嘴唇上，直至杀人的手指上留下兽性的爱，同时也留下

---

① 百科全书派：在法国思想家狄德罗（1713—1784）主持下，于一七五一年至一七七二年出版了二十八卷的百科全书，狄德罗、达朗贝尔（1717—1783）、卢梭（1712—1778）、伏尔泰（1694—1778）等人主笔撰稿，以启蒙思想对封建社会制度及其思想基础进行了无情批判。这些思想家被称为百科全书派。

对被他突然袭击和卑劣杀害的这个小女孩的强烈恐惧。他的思想会不停地回到这可怕的一幕；尽管他极力驱赶这个形象，恐惧而又厌恶地逃避它，他仍然感到它在他脑子里转悠，在他周围徘徊，时刻伺机重现。

从此他害怕夜晚，害怕降临在他周围的黑暗。他那时还不知道为什么黑暗让他害怕；他只是本能地害怕黑暗，感到黑暗中充满恐怖。白天就完全不会引起这种恐怖感，因为白天人和物都看得见，只能遇见可以显露在光明中的自然的人和物。但是黑夜，伸手不见五指、比围墙还要厚的黑夜，空寂、无止境的黑夜，那么黑，那么广阔，可能和许多可怕事物擦肩而过的黑夜，让人感到神秘的恐惧在身边游荡的黑夜，在他看来隐藏着一种还不知道但是迫在眉睫的危险！哪种危险呢？

他很快就知道了。一天晚上，已经很晚了，他睡不着觉，坐在扶手椅里，似乎看到窗帘动了一下。他等着，很紧张，心怦怦直跳，可是窗帘纹丝不动了。然后它突然又动起来；至少是他以为它在动。他不敢站起来，甚至不敢再呼吸。然而他是条好汉；他过去经常打架斗殴，甚至很希望能在自己家里发现盗贼呢。

窗帘真动了吗？他连连自问，生怕是受了自己眼睛的欺骗。再说，这是多么细微的小事，窗帘轻轻抖了一下，褶皱微微颤了一下，也许仅仅是风吹了一下引起的涟漪般的飘拂。勒纳尔岱伸着脖子，凝神注视了好一会儿；突然，他为自己的胆怯感到羞愧，站起来，上前几步，两手抓住窗帘，把它用力拉开。起初他什么也看不见，只看见漆黑的玻璃窗，黑得像涂了闪光墨水的金属片。夜，穿不透的伟大的夜，在窗外展开，直到看不到的天际。他面对这无边的黑暗久久地站着；突然，他发现在这黑暗中，似乎远远地有一个光点，一个移动的光点。于是他把脸贴近玻璃窗看，心想大概是一个渔夫在布兰迪河偷抓螯虾，因为已经过了半夜，而这个光点贴着河边、在大树林下面移动。由于仍然看不清楚，勒纳尔岱拢起两只手护着眼睛；突然，那个光点变成了一片光明，他看见小洛克赤裸裸、血淋淋地躺在苔藓上。

他吓得身子都僵了，踉跄后退，碰到他的座椅，仰面倒了下去。失魂落魄地在那里躺了几分钟以后，他坐起来，开始思索。他刚才有过一次幻觉，由于一个夜间偷庄稼的贼提着风灯在河边走而引起的幻觉，如此而已。尽管他有些惊讶，对那桩罪行的记忆，有时竟然也会给他带来死者的幻象。

他又站了起来，喝了一杯水，然后又坐下。他思忖着："如果这种事再发生，我该怎么办呢？"而这种幻象肯定会再出现，他不但有这种预感，而且可以肯定。窗户已经在撩拨他的目光，在呼唤他、吸引他。为了不再看见窗户，他把椅子转了过去；然后他拿起一本书，试着看书。但是看了不一会儿他就仿佛听到身后有什么东西在动，他用一只椅子腿支着，猛地把椅子转过去。窗帘还在动；这一次，窗帘肯定动了，他不能再怀疑。他冲过去，一只手抓住窗帘，那么用力，连帘围都一起扯到地上了；然后，他把脸紧贴在玻璃上急切地向外看。他什么也看不见。外面一片漆黑；他像刚刚死里逃生的人一样，欣慰地松了一口气。

于是他又回去坐下。可是他几乎立刻又生出再向窗外看看的欲望。自从窗帘被扯下来，窗户就成了一个阴森森、诱人而又可怕的窟窿，开向黑暗的田野。为了不向这个危险的诱惑屈服，他脱掉衣服，吹灭烛光，上床睡下，闭上了眼睛。

他仰面躺着，皮肤发烫，汗水直流，一动不动地等待着入睡。突然，一片强烈的光线穿透他的眼帘。他以为房间着火了，睁开眼。周围一片漆黑。他用胳膊肘支着身子，向那一直强烈吸引着他的窗口看。凝神细看的结果，他终于发现了几个星星。他起身下床，摸索着穿过房间，用伸出的手触到了玻璃，把脑门贴上去。不远处，大树林下，小女孩的尸体像磷火一样熠熠发光，把她四周的黑暗全都照亮！

勒纳尔岱尖叫一声，逃到床上，头埋在枕头底下，一直待到早晨。

从这一刻开始，他的生活变得无法忍受了。白天他惶惶不安，生怕夜晚来临；每天夜里，这个幻象都会重新开始。一关上房门，他就试图斗争；但是白费力气。一股不可抗拒的力量把他抬起来，推向窗口，就好像要召唤那个鬼魂似的，而且很快就看见她。起初那小女孩躺在罪案发生的地方，双臂展开，两腿叉开，就像尸体被发现时那样。接着，死者站起来，迈着小步走过来，就像小女孩从河里上岸时那样。她慢慢走来，穿过草地，踏着已经凋敝的花坛径直走来；接着，她腾空而起，飞向勒纳尔岱的窗口。她向他走来，就像罪行发生的那天向将要杀她的人走来一样。面对这再现的幽灵，勒纳尔岱连连后退，一直退到床边，瘫坐在床上。他很清楚，小女孩已经进来了，此刻就站在刚才动过的窗帘后面。他呆呆地凝视着窗帘，直到天亮，始终提防着他杀害了的人走出来。但是她却不再露面；她待在那里，在时而抖动一下的窗帘后面。于是勒纳尔岱用紧绷的手指揪住床单，像他曾经掐小洛克的脖子那样。他听着挂钟一小时一小时地敲着；在一片沉寂中，他听得见钟摆声和深沉的心跳声。这可怜的人，他经受着任何人都没有经受过的巨大痛苦。

后来，当天花板上出现一道白色光线，宣布翌日来临，他顿时感到解脱了，终于只有他一个人，房间里只有他一个人了。于是他重新睡下。他忐忑不安、心情烦躁地睡了几个小时，睡梦中又多次出现前几夜看到的可怕幻象。

下楼吃午饭的时候，他感到精疲力竭，就像历尽了千辛万苦；他几乎什么也没吃，总在胆战心惊地想着下一夜又会看到她。

然而他心里很清楚，这不是什么显灵，人死了是绝不会回来的；他自己生了病的心，他的被唯一的念头和无法忘却的记忆纠缠着的心，才是他所受的折磨的唯一根源；正是他自己生了病的心在不断地唤醒记忆，把死者复活，把死者招来，把她矗立在自己面前，以致她的形象无法抹去。但是他也很清楚他这个病是治不好的，他永远也无法逃脱自己的记忆的残酷折磨；他宁愿死，也不愿再继续受这种酷刑。

于是他寻思怎样自杀。他希望把事情做得既简便又自然，不让人以为他是自杀。因为他很看重自己的名誉，看重父辈留下的姓氏。如果人们对他的死因产生了怀疑，势必会联想到那桩还没有得到解释的罪行，联想到还没有找到的杀人犯，很快就会指控他犯了这桩大罪。

他生出一个奇怪的想法，就是让自己在他杀害了小洛克的那棵树下被压死。于是他决定让人砍掉他的大树林，装作死于一场意外事故。但是那棵山毛榉却不愿压死他。

他灰心绝望至极，回到家，抓起手枪，但又没有勇气开枪。

吃晚饭的时间到了；他吃了饭，回到楼上。他不知道该怎么办才好。第一次退缩以后，他现在深感自己怯懦。刚才他已经准备好了，很坚强，很果断，满怀勇气和决心；而现在，他懦弱，他怕死，就像怕那个惨死的小女孩一样。

他结结巴巴地说："我再也不敢了，我再也不敢了。"他恐惧地一会儿看看桌子上的手枪，一会儿看看遮住窗户的帘子。他似乎也感觉到，一旦他的生命停止，就一定会发生什么可怕的事！什么事呢？也许就是他们狭路相逢吧？她正在觊觎他，等着他，召唤他；她每天晚上这样出现，就是为了抓住他，把他引出来向他复仇，要他死。

他像一个孩子似的哭起来，一边连声说："我再也不敢了，我再也不敢了。"然后他又跪倒在地，结结巴巴地说，"我的天主，我的天主。"尽管他不信天主。事实上，他再也不敢看他的窗户，知道那里隐藏着幽灵；他再也不敢看他的桌子，因为上面放着锃亮的手枪。

当他重新站起来的时候，他高声说："不能再拖下去了，必须做个了断。"他的声音在寂静的房间里发出来，把他吓得浑身打了个寒战。但他还是下不了任何决心，也清楚地感觉到他的手指仍然会拒绝扣动扳机，便走回去把头埋在被子下面思索。

他必须找到一种让自己非死不可的方法，发明出一个让自己不可能再有任何犹豫、任何迟疑、任何后悔的计策。他真羡慕那些被士兵强押上断头台的死刑犯。啊！他如果能请到一个人向自己开枪多好；如果他能向一个永远也不会泄露自己秘密的可靠朋友袒露自己的心灵、承认自己的罪行，请他杀了自己多好。可是请谁来帮这个可怕的忙呢？请谁？他在认识的人中寻找。医生？不行。他以后很可能会讲出去？突然，一个古怪的想法闪现在他的脑海。他要写信给跟他的关系亲密的预审法官，向他自首。他要在这封信里把一切都和盘托出：他犯下的罪行，他经受的折磨，他要死的决心，他的一再犹豫，以及他为了强迫自己软弱的意志行动而要采取的方法。他以多年友谊的名义请求他在得知罪犯向法律自首以后把信毁掉。勒纳尔岱可以信赖这位法官，他知道他稳重，守口如瓶，甚至不可能讲一句轻率的话。他是那种信念坚定的人，他们的信念只受他们的理智的支配、引导和制约。

他刚有了这个计划，心里就感到一阵异样的愉悦。他现在平静了。他就要写这封信，不慌不忙地写；然后，天亮了，就把它投进钉在他的农庄墙上的邮箱；然后，他就登上自家的塔楼去看着邮递员到来；等这个穿蓝色罩衫的人一走，他就头朝下栽到承载塔楼基座的岩石上。他要先让砍伐他的树林的工人们看到他。他可以爬上竖着节日挂旗子的旗杆的那个突出的台阶上去，用力把旗杆折断，随旗杆一起摔下去。怎能不相信这是个意外事故呢？他身体重，塔楼高，他这一摔必死无疑。

他立刻下床，走到桌前坐下，写起信来。不论是犯罪的细节，还是痛苦生活的细节，心灵备受折磨的细节，他无一遗漏；他在信的结尾宣称，他宣判自己有罪，而且将处决罪犯；他同时请求他的朋友、他的老朋友给以关照，永远也不要让人责难他死后的名声。

写完信，他发现天已经亮了，便封好信，盖上封印，写上地址，然后轻轻地走下楼，直奔挂在农庄拐角处墙上的白色小信箱；把这封让他的手神经紧张的信丢进信箱以后，他就快步返回，插上大门，爬上塔楼，等待将要把他的死亡判决书带走的邮递员到来。

现在，他感到自己很平静，解脱了，得救了！

一阵干燥的寒风，冰冷的寒风，迎面吹来，他贪婪地吸着；他张开嘴，痛饮着它的寒彻心脾的爱抚。天是红色的，火一般的红色，冬天的红色。整个平原结了一层白霜，就像撒满玻璃粉末，在初升的阳光下闪烁。勒纳尔岱光着脑袋，站在塔楼上，凭眺广阔的家乡，左边是牧场，右边是村庄，村舍的烟囱开始冒烟了，正是做早饭的时候。

他看到脚下的布兰迪河在岩石之间湍流，而他马上就要在那儿摔个粉身碎骨。在这冰冷美丽的曙光中，他感到自己获得了新生，充满了力量，充满了生命的活力。阳光沐浴着他，包围着他，仿佛希望也渗透了他的身心。无数的记忆涌进他的脑海，他记起那些像今天这样美好的早晨，记起在坚硬的地上踏步有声的快步行走，记起在野鸭沉睡的水塘边打猎的欢乐。他热爱的各种美好事物，现实生活中的美好事物，一股脑儿涌上他的心头，激励他产生出新的希望，唤醒了他活跃而又健壮的躯体中的所有强烈的欲望。

他果真就要死了吗？为什么？只因畏惧一个幻影，畏惧一个根本不存在的东西，他就要愚蠢地自杀吗？他既富有又还年轻！真是发疯！他需要的只是散散心，出个远门，旅游一趟，把这件事忘掉！昨天夜里他就没有见到那个女孩，因为他心中有事，把注意力分散在别的事情上了。也许他再也见不到她了？如果说她在这座房子里缠住他不放，也许换个地方就不跟着他了！世界很大，来日方长！何必要死呢？

他的目光扫视着牧场，忽然在沿着布兰迪河的小路上发现了一个蓝点儿。那是梅德里克，正从城里带着信件过来，同时把村里的信取走。

勒纳尔岱猛然惊醒，一种痛苦的感觉传遍他的全身；他冲向螺旋楼梯，要去取回那封信，向邮差要回那封信。现在，即使被人看见他也不在乎了；他在夜间结了薄冰还在冒泡沫的草地上奔跑，恰好和邮递员同时来到农庄拐角处的信箱前。

梅德里克打开了信箱的小木门，取出居民们放在里面的几封信。

勒纳尔岱对他说：

"您好，梅德里克。"

"您好，村长先生。"

"喂，梅德里克，我投到信筒里一封信，我现在需要拿回来。我请您把它还给我。"

"好呀，村长先生，这就给您。"

邮差说着抬起头来。村长这张脸，着实叫他大吃一惊；勒纳尔岱脸呈紫色，目光慌乱，眼圈发黑，眼睛就像陷进脑袋里似的，头发乱蓬蓬的，胡子乱糟糟的，领带松垮垮的。一眼就能看出他一夜根本没有睡觉。

邮差问："您是不是病了，村长先生？"

勒纳尔岱立刻明白自己的样子想必很怪，顿时慌了神，结结巴巴地说："没有……没有……只是，我刚从床上跳下来，为了跟您要这封信……我睡着……您明白吗？……"

老兵隐隐约约起了一点儿疑心。

他接着问："什么信？"

"您要还给我的这封信。"

现在，梅德里克犹豫了，因为在他看来村长的态度有些不自然。这封信里大概藏有什么秘密，一个政治秘密。他知道勒纳尔岱不是共和派，他了解人们在选举中耍弄的各种阴谋伎俩和欺骗手段。

他问："这封信是写给谁的？"

"给预审法官普图安先生的；您很清楚，普图安先生是我的朋友！"

邮递员在信件中寻找，找到了村长要的那封信。他把这封信拿在手里翻过来倒过去地看，非常困惑，非常不安，既怕犯严重的过错，又怕得罪村长。

勒纳尔岱见他还在犹豫，伸出手就要抓那封信，想要把它从邮差手里夺过来。这个鲁莽的动作更让梅德里克相信其中有什么重大的秘密，便下定决心：无论如何也要履行他的职责。

于是他一面把信放进挎包，把挎包扣上，一面回答：

"不，我不能给您，村长先生。既然这封信是寄给法院的，我不能给您。"

这一下把勒纳尔岱急坏了，他结结巴巴地说：

"可是您明明认识我。您甚至认得出我的笔迹。我跟您说我需要取回这封信。"

"我不能给您。"

"喂,梅德里克,您知道我不可能欺骗您的,我跟您说我需要这封信。"

"不。我不能给您。"

生性暴躁的勒纳尔岱禁不住怒上心头。

"不过,该死的,您可要当心。您知道我是不开玩笑的;你这家伙,我可以砸碎您的饭碗,而且说到做到。再说,我是这里的村长;我现在命令您把这封信还给我。"

邮递员坚定地回答:"不,我不能给您,村长先生!"

这时,勒纳尔岱失去了理智,拽住他的胳膊,要夺下他的挎包;但是邮递员身子一挣,摆脱了他,向后退了两步,举起了他那根结实的冬青木的棍子。他仍然平心静气地说:"啊!请不要碰我,村长先生,不然我就要揍人了。当心,我,我是在履行我的职责!"

勒纳尔岱感到自己完了,突然变得低声下气,态度温和,像一个啼哭的孩子似的苦苦哀求起来。

"喂,喂,朋友,把这封信还给我吧;我一定会报答您,我会给您钱。听着，听着，我给您一百法郎，您听见了吗，一百法郎。"

邮递员转过身去，开始上路。

勒纳尔岱跟着他，上气不接下气，结结巴巴地说：

"梅德里克，梅德里克，您听着，我给您一千法郎，听见了吗，一千法郎。"

邮差不理他，一个劲儿往前走。勒纳尔岱又说："我可以让您发财……您听着，您要多少都行……五万法郎……为了这封信我给您五万法郎……这对您有什么妨碍呢？……您还不愿意？……那么，十万……听着，十万法郎……您明白了吗？……十万法郎……十万法郎。"

邮差转过身来，脸色冷峻，目光严厉："够了！不然的话，我就把您刚才对我说的话全都告诉法院。"

勒纳尔岱猛地站住。完了。他再也没有希望了。他转过身，像一只被追捕的野兽，朝自己的家狂奔。

现在轮到梅德里克站住了，他惊愕地看着勒纳尔岱一路奔跑。他看见村长回到了家；他等着，好像预感到还会发生什么惊人的事。

果然，不一会儿，勒纳尔岱的高大的身躯就出现在勒纳尔塔楼的顶上。他像疯子似的绕着平台奔跑；接着，他抓住旗杆，拼命地摇撼也没能折断它；接着，他突然像一个一头扎进水里的游泳者那样，两手向前，凌空扑下来。

梅德里克急忙冲过去要救他。他穿过花园的时候，看见去上工的伐木工人，便将两只手拢成喇叭，向他们高喊发生的事。他们在墙角下找到一具血淋淋的尸体，脑袋已经在岩石上摔裂。布兰迪河水绕着这块岩石；只见在这个变宽了的河段的清澈、平静的水面上，漂动着一缕长长的混杂着脑浆和鲜血的粉红色细流。

失事的船*

* 本篇首次发表于一八八六年一月一日的《高卢人报》；同年首次收入维克多·阿瓦尔出版社出版的莫泊桑小说集《小洛克》。

这是昨天,十二月三十一日的事。

我刚和老朋友乔治·加兰吃了午饭。仆人给他送来一封盖着封印、贴着外国邮票的信。

乔治对我说:

"我可以看信吗?"

"当然可以。"

他便看起来。那封信用英文大字满满当当写了八页。他慢慢地一页页读着,屏气凝神,兴趣之浓厚,是对那些触动了内心的事情才会有的。

看完了,他把信放在壁炉台的一个角上,说:

听呀,这是一个我还没跟您讲过的有趣的故事,而且这是一个爱情故事,是我亲身经历过的!啊!那一年，元旦这一天真是不同寻常。一晃二十年了……我那时才三十岁，而我现在已经五十岁了！……

我当时在我今天领导的这个海上保险公司任检查员。我已经准备好要在巴黎欢度元旦，既然这一天已经被公认为节日；可就在这个时候，我接到经理的一封信，命令我立即前往雷岛①，因为刚刚有一艘圣纳泽尔②的三桅帆船在那里搁了浅，而这艘船是在我们公司保险的。那时是上午八点钟。我十点钟到公司接受指示，当晚乘坐快车，第二天，十二月三十一日，就到了拉罗谢尔③。

在登上开往雷岛的"让·基通"号渡船以前，我还有两个小时的时间。我便在城里转了一圈。拉罗谢尔真是一个奇怪而又极富特色的城市，街道像迷宫一样复杂交错，人行道在无尽的长廊下向前延伸；长廊有拱顶，

---

① 雷岛：法国西海岸外大西洋上的一个岛屿，面积约八十五平方公里，为法国本土第四大岛，现属新阿基坦大区滨海夏朗德省。
② 圣纳泽尔：法国西海岸濒临大西洋的海港城市，位于卢瓦尔河口，现属新阿基坦大区滨海夏朗德省。
③ 拉罗谢尔：法国西海岸濒临大西洋的海港城市，现新阿基坦大区滨海夏朗德省省会，与雷岛相距二十一公里隔海相望。十六世纪下半叶和十七世纪前期曾是基督教新教的重要据点。

很像里沃利街①的，但是低矮得多；这些长廊和这些低矮的神秘拱顶，仿佛是专为阴谋家们作背景而建筑和保存下来的，它们曾是昔日历次战争，英雄而又野蛮的宗教战争的古老而又惊心动魄的背景。这里又是胡格诺教派②的旧巢，它阴沉、闭塞，让鲁昂③显得光彩夺目的那些令人赞赏的纪念性建筑物，它一点也没有，倒是它森严中略带阴险的整体面貌令人瞩目。这是一片执拗的好勇斗狠者的乐土，必然会滋生出种种狂热；加尔文派④的信仰在这座城市里曾盛极一时，四军士密谋⑤也

---

① **里沃利街**：巴黎的一条街道，人行道设在与卢浮宫和土伊勒里花园平行的一排楼房的拱廊下。

② **胡格诺教派**：加尔文教派的一个分支。

③ **鲁昂**：法国西北部重要城市，诺曼底大区首府，滨海塞纳省省会。莫泊桑曾在此上过中学。

④ **加尔文派**：十六世纪欧洲宗教改革运动时期以法国宗教改革家让·加尔文（1509—1564）的思想为基础的基督教新教各派教会的统称。

⑤ **四军士密谋**：以推翻法国复辟王朝（1814—1830）为宗旨的密谋之一。一八二一年，驻扎在巴黎拉丁区的第四十五步兵团因其共和主义倾向而被当局调往拉罗谢尔。该部队的四名军士秘密发起烧炭党组织，从事反对王政的活动；密谋不慎泄露，他们于一八二二年九月二十一日在巴黎被处死刑。史称"拉罗谢尔四军士"。

是在这里发生。

我在这些古怪的街道上游逛了一阵子，就登上一艘黑颜色鼓肚子的小汽轮，乘它去雷岛。船像发火似的鸣着汽笛启动，在守卫着海港的两座塔楼之间驶过，穿过锚地，出了黎塞留①建造的防波堤，便向偏右方驶去。齐着水面可以看见防波堤的巨石像一条硕大的项链围绕着城市。

这是一个让人精神萎靡、心情低落、完全失去体力和精力的阴沉沉的日子，一个灰蒙蒙，冷冰冰，被浓雾污染，像霜冻一样潮湿，呼吸起来像阴沟里冒出的气味一样恶臭的日子。

在这浓雾积成的低矮阴暗的天幕下，是黄色的海水，这无垠的海滩的不深而又多沙的海水，没有一丝波纹，没有一点运动，没有任何生命迹象，海水成了浑浑的水、油腻的水、停滞的水。"让·基通"号渡轮习惯地微微摇摆着在上面驶过，划破这大片浑浊而又平滑的水

---

① 黎塞留：全名阿尔芒－让－杜普莱西·德·黎塞留（1585—1642），法国国王路易十三的宰相，枢机主教，政治家。一六二八年他领兵攻陷胡格诺教派的重要据点拉罗谢尔要塞。次年剥夺胡格诺派享有的政治和军事特权。

面，身后留下一些波浪、一些水花、一些波纹，不久这一切又恢复平静。

我和船长聊起来，他个子矮小，腿很短，像他的船一样圆鼓鼓的，也像他的船一样不停地摇晃着身子。我想了解一下将要察看的这起海难的一些细节。一艘圣纳泽尔来的名叫"马利亚－约瑟"号的大三桅帆船，在一个狂风暴雨的夜晚搁浅在雷岛的沙滩上。

船主在信上说：暴风雨把这艘船抛得太远，已经不可能让它脱浅，因此不得不把能卸下来的东西尽快地全部卸下来搬走。所以我必须察看搁浅船只的情形，估计它出事前应该是什么状况，判断人们是否已经尽其所能试图让它重新浮起来。我以公司代理人身份来这里，是为了以后如果形势需要，在诉讼中以对审的方式出庭做证。

经理收到我的报告以后，当会采取他认为必要的措施，维护我们公司的利益。

"让·基通"号船长对这个事件的情况非常了解，因为他曾经应招带着他的船前去参加抢救的尝试。

他向我讲述了这起海难的始末，其实事情也很简单。"马利亚－约瑟"号被一阵狂风驱赶着，在黑夜里迷失了方向，在白浪翻滚的大海——船长称它为"牛奶浓汤的大海"——盲目地航行，最后搁浅在这茫茫的沙洲上；每当低潮时，这些沙洲就把这个地区的海滨变成一望无际的撒哈拉①。

我一边聊天，一边向周围和前方观望。在海洋和低沉的天空之间还留下一片空白的空间，肉眼可以看得很远。我们正沿着一片陆地行驶。我问：

"这就是雷岛吗？"

"是呀，先生。"

突然，船长把右手伸向我们前方，指着大海上一个几乎难以觉察的东西让我看，并且对我说：

"瞧呀，那就是您要去的船！"

"'马利亚－约瑟'号？……"

"当然啦。"

我吃了一惊。那个几乎看不见的黑点儿，我本来会把它当作一块礁石，所在的位置看上去离岸至少有三公里。

---

① 撒哈拉：世界最大的沙漠，位于北非，红海和大西洋之间；面积八百五十万平方公里。

我接着说：

"可是，船长，您指给我看的那个地方，水深应该有一百寻①吧？"

"一百寻，我的朋友！……我可以跟您说，两寻也没有！……"

船长是个波尔多②人。他继续说：

"九点四十分，现在是涨潮。您先去王太子旅馆吃午饭。然后，您把两只手揣在口袋里在海滩上走着去，我向您保证，两点五十分，最多三点钟，您就能脚也不湿地走到搁浅的船那儿；然后，我的朋友，您有一小时四十五分到两小时的时间可以待在船上，不过不能再多，否则您就被困住了。海水退得越远，回来得越快。这片海滨，平得就像一个臭虫！您记住我的话，四点五十分您一定要往回走；七点半钟您再次登上'让·基通'号，今天晚上就能把您送到拉罗谢尔的码头。"

我谢过船长，就走到轮船的前部坐下，观赏圣马

---

① 寻：水深单位，此处说的应是法寻，约1.624米。
② 波尔多：法国西南部重镇，今属新阿基坦大区吉隆德省，大区首府。

丁①小城。我们正在迅速向它靠近。

所有那些沿大陆的贫瘠岛屿,都以一个微型港口作首府,圣马丁和这些港口十分相似,只是一个大渔村,一只脚在水里,一只脚在陆地,靠鱼和家禽、蔬菜和贝类、萝卜和淡菜维生。岛的地势很低,可耕的地方很少,人口却似乎很稠密。不过我并没有深入到岛里去。

吃完午饭,我先穿过一个小岬角;接着,因为海水在迅速回落,我就穿越沙滩,向远远在望的那个突出水面的黑色岩石般的东西走去。

我在这片像肌肉一样富有弹性,而且仿佛在我脚下冒汗的黄色平原上快步向前。大海刚才还在那里;现在,我远远看去,它正逃向视野以外,我再也分辨不出把沙滩和大海分开的那条界线。我简直以为在目睹一场宏伟的、超自然的梦幻剧。大西洋刚才还在我面前,紧接着,它就像舞台布景消失在活板门里一样,从沙滩上消失;我现在就仿佛在沙漠上行走。只有感觉,只有咸海水的气息还留在我心里。我闻得到海藻的气味,波涛的气味,

---

① 圣马丁:雷岛的首府,现有居民约二千六百人。

海滨那强烈而又好闻的气味。我走得很快;我不再觉得冷;我看着那搁浅的船,我越往前走它变得越大,现在它就像一条遇难的巨大鲸鱼。

那船就仿佛是从地底下钻出来似的;在这辽阔平坦的黄沙上,它的体积显得庞大惊人。我走了一个小时以后终于到了它跟前。它侧身卧着,已经断裂,破碎,露出像野兽肋骨一样的折断的骨头,被粗大的钉子穿透、涂着柏油的木料制成的骨骼。沙子已经通过裂缝侵入船体,抓住了它,占有了它,再也不会放开它了。它就像已经在沙子里生了根。船头深深扎进这柔软但却险恶的沙滩;船尾高高翘起,就好像在发出绝望的呼号,把黑色船帮上的"马利亚－约瑟"几个白色大字抛向天空。

我从最低的一边爬上这具船的尸体,然后到了甲板,钻进船舱。阳光从破裂的舱门和船帮的裂缝透进来,凄凉地照着这些长长的、幽暗的、简直像是地窖的地方。到处都是损坏了的细木护壁板。沙子成了这满是木板的地下室的地面;除了沙子,船里什么也没有了。

我开始简要地记下船的状况。我在一只已经破烂的空桶上坐下,借着一条宽缝隙里进来的亮光写起来;我能从那个缝隙眺见无边无际的沙滩。寒冷和孤寂引起一阵阵奇特的战栗,不时地传遍我的全身。我有时停下笔,倾听失事船里隐约而又神秘的声音:螃蟹用它们弯钩似的爪子挠船帮的声音,已经在这具尸体上安家的无数全都很小的海里的小生物的声音,还有船蛆的轻微、有规则的声音,它们挖呀,吞呀,一刻不停地蛀蚀着老船架,发出钻子般吱吱的响声。

突然,我听见离我很近的地方有人声。我就像遇到幽灵一样吓了一跳。最初一瞬间,我真以为就要看到两个溺死鬼从阴森的货舱尽头站起来,对我讲述他们是怎么死的。当然,我没用多长时间就凭手腕的力量爬上甲板;而我却看到在船头的前面,站着一个高大的先生和三个年轻的女孩,或者不如说,一个高大的

英国人和三个"密斯"。可以肯定，从被遗弃的三桅帆船上神速蹿出这么一个人来的，他们吓得比我还厉害。最小的那个姑娘拔腿就逃；另外两个紧紧抱住父亲；而他，他张大了嘴，这是让人看出他激动的唯一表示。

接着，沉静了几秒钟以后，他说话了：

"噢，相（先）生，您斯（是）这艘船的主人吗？"

"是的，先生。"

"我可意（以）参观一下吗？"

"可以，先生。"

他于是说了一句很长的英语，我只听出了这个词：gracious①，重复出现了几次。

见他在找一个地方以便爬上船，我就把最容易的地方指给他，并且把手伸给他。他爬了上来；然后，我们又帮助三个姑娘上了船。她们现在已经放心了。她们都很迷人，尤其是大的那一个，是个十八岁的金黄头发的女郎，像一朵花一样鲜艳，而且又那么灵敏，那么娇美！真的，漂亮的英国女人非常像鲜嫩的海里的产品，

---

① 英语，意为"亲切的，和蔼的"。

人们会说这个姑娘就像刚从沙子里出来的,头发还带着沙子的色泽。她们的鲜美娇艳,令人想到粉红色贝壳的柔美色泽,想到深不可测的海底孵化出的稀有、神秘的玲珑剔透的珍珠。

她法语说得比她父亲稍微好一些;她给我们做翻译。我不得不把船只遇难的故事添油加醋地给他们讲了一遍,编造得就像我亲身经历了这场灾祸一样。接着,这一家人便全都下到失事船的舱内。他们一进入几乎没有光亮的黑暗的长廊,就发出一阵阵惊奇和赞赏的呼声;忽然,父亲和三个女儿拿出想必是藏在他们宽大的雨衣里的画本,不约而同地开始作起这凄惨怪诞的地方的四幅铅笔速写。

他们并排坐在一根凸出来的木梁上,摊在八个膝盖上的四个画本画满了小黑杠,表现的应该是"马利亚-约瑟"号撕裂开的肚子。

姑娘中最大的一个,一边画一边和我说话,我则继续查看船的残骸。

我得知他们正在比阿利茨①过冬;他们是特地到雷

---

① 比阿利茨:法国西南部城市,濒临大西洋的旅游胜地,现属新阿基坦大区大西洋比利牛斯省。

岛来看这艘陷在沙子里的三桅帆船的。这些人，一点也没有英国人的傲慢自大；这是些纯朴、善良的痴迷狂，英国撒遍世界的那种永恒的漂泊者。父亲修长，干瘦，红红的面庞围绕着白颊髯，是个真正的活三明治，仿佛一段切成人头形的火腿夹在两小片毛垫子中间；女儿们腿长长的，活像发育中的小涉禽，除了最大的那一个，也都干瘦；三个姑娘都很可爱，不过最大的那一个尤其可爱。

她的表情是那么有趣，不论是说话，叙事，笑，理解或不理解，抬起深水一样湛蓝的眼睛询问我，停下画笔猜测，重又开始作画，说"yes"或者说"no"，我本来会没完没了地继续听她说，继续看着她。

突然，她嘀咕道：

"我听见这船上有微微的响动。"

我仔细一听，立刻听出一种轻轻的、奇怪的、持续的声响。这是什么声音？我站起来，走去透过缝隙一看，不禁猛然大叫一声。海水已经逼近我们，就要把我们包围了！

我们立刻上到甲板上。已经太晚了。水正在把我们围住，而且还在以惊人的速度向岸边奔跑。不，它不是在跑，它是在滑，是在爬，像一个无比巨大的污迹在不断伸展。覆盖着沙子的水还只有几厘米，但那难以觉察的涨潮迅速远去的界限已经遥不可见。

那个英国人想往下跳，我拦住了他；逃跑已经不可能，因为我们来的时候必须绕过一些深水洼，我们往回走时很可能掉进去。

我们的内心都有过片刻极度的焦虑。很快，那英国姑娘又露出微笑，并且低声说：

"我们成了遇难者了！"

我想笑，但是恐惧，一种怯懦的、可恶的、像这涨潮一样卑劣和阴险的恐惧，紧箍着我。我们面临的所有危险都同时出现在我的脑海。我真想大呼："救命呀！"但是向谁呼救呢？

两个年幼的英国女孩蜷缩着依偎着父亲；父亲目光沮丧地望着我们周围茫茫无际的大海。

黑夜，一个沉重、潮湿、冰冷的黑夜，降临得像上涨的大西洋一样快。

我说：

"没有任何办法，我们只能待在这条船上了。"

英国人回答：

"噢！yes！"

我们就待在那里，一刻钟，半小时，事实上我也不知道有多长时间，看着我们周围这片黄水，只见它越来越浑，旋转着，像是在沸腾，像是在被它重新征服的无边的沙滩上游戏。

一个小女孩感到冷，我们这才想到再下到船舱去躲避海风，这风虽然轻微，但是冰冷，吹着我们，像针一样扎着我们的皮肤。

我从舱口探下身去。船舱里已经灌满了水。于是我们不得不蜷缩着身子紧靠船尾的船帮，多少能挡一点寒风。

黑暗现在已经笼罩着我们；我们在夜色和海水的包围中彼此紧紧地挨着。我感觉得到那英国姑娘的肩膀贴着我的肩膀在颤抖，牙齿不时地磕得咯咯响；可是我隔着衣服也感觉得到她柔和的体温,这体温像吻一样甜蜜。我们不再说话;我们一动不动,一声不响,蹲在那里,像暴风雨来临时蹲在沟里的小动物一样。然而,尽管发生了这一切,尽管长夜难熬,尽管面临可怕而且有增无减的危险,我却开始为自己在这儿感到幸福,为经受寒冷和危险而感到幸福,为自己在这船板上和这个漂亮可爱的姑娘这么接近地度过充满黑暗和焦虑的漫长时光而感到幸福。

我问我自己,为什么全身会渗透这种奇特的舒适而又愉悦的感觉。

为什么?谁知道呢?因为她在那儿?她,是谁?一个不认识的英国女孩?我并不爱她,我根本不了解她,我却感到自己为她心动,被她征服!我甚至会救她,为她牺牲,干出种种傻事!真是怪事!怎么一个女人在场就会让我们这样神魂颠倒?是她的美的强大力量控制了我们吗?是姿色和青春的诱惑像美酒一样让我们陶醉了吗?

或许不如说,这只是一种爱的接触,这神秘的爱总在不停地试图把人类结合起来;它把男人和女人放在一起以后，就施展威力，向他们注入激情，一种模糊的、隐约的、深邃的激情，就像人们湿润土地，好让鲜花在地上长出来一样！

不过黑暗中的寂静，天空的寂静，变得越来越可怕了，因为我们隐隐约约听得见，在我们四周有一种无休无止的轻微的哗哗声，那是还在上涨的大海的低沉的喧哗，以及流水碰到船发出的单调的啪啪声。

我突然听到呜咽声。最小的那个英国女孩哭了。父亲想安慰她，他们开始用他们的语言说起来，我听不懂。我猜他在安抚她，而她还是有些害怕。

我问身旁的姑娘：

"小姐，您不感到太冷吧？"

"啊！我感到很冷。"

我要把我的外套给她，她不接受；但是我已经脱下来，尽管她不肯，还是给她披上。在短暂的争拗中，我碰到了她的手，一种美妙的感觉顿时传遍我的全身。

在几分钟的时间里，空气变得更冷了，海水拍打船身的声音变得更响了。我站起来；一阵强大的气流掠过我的脸。起风了。

英国人和我同时发现，他只说了一句：

"这推（对）我们来说很不好，这……"

可以肯定，这很不好，那就死定了；如果海浪，哪怕是轻微的海浪来冲击和摇撼这已经破损和开裂的失事的船，第一个浪头就能把它冲成糨糊，卷进大海。

所以，随着风越刮越紧，我们的焦虑也在一秒钟一秒钟地增加。现在，海上已经起了一点波浪，我看到黑暗中有一些白线时现时隐，那是浪花形成的线条；与此同时，一波波海浪冲撞着"马利亚－约瑟"号的残骸，摇晃得它一阵阵短暂地震颤，震得我们心慌。

那英国姑娘在战栗；我感觉得到她靠着我瑟瑟发抖，我真想把她紧紧搂在怀里。

远处，在我们的前面，左面，右面，后面，几座灯塔在海滨的水上闪耀，白色的、黄色的、红色的灯光转动着，就像巨大的眼睛，巨人的眼睛，在窥伺我们，急切地期待我们消失。其中的一座尤其让我恼火，它每隔三十秒钟就熄灭一次，紧接着又亮起来；这一座，活像一只眼睛，它的眼皮还在不停地垂下来，盖住那火亮的目光。

英国人时而擦着一根火柴看看时间,然后又把表放回口袋。突然,他隔着几个女儿的头,极其庄严地对我说:"相(先)生,我祝您新年好。"

时间正好是午夜十二点钟。我向他伸过手去,他紧紧握住;接着他说了一句英语,突然他的几个女儿和他唱起 God save the Queen①,歌声在黑暗的空气中、寂静的空气中升起,穿过空间逐渐消散。

我起初想笑,但我很快就被一种强烈而又奇怪的激情所控制。

这首遇难者的歌,面临绝境的人的歌,颇有些悲凉而又豪壮的意味,类似祈祷的意味,也有着更伟大的含义,堪与古老崇高的"Ave, Caesar, morituri te salutant"②比美。

他们唱完以后,我请求我身旁的姑娘单独唱一首歌,一首叙事曲,一首传说曲,或者任何一首她想唱的

---

① 英语,即英国国歌《天佑女王》。
② 拉丁文:"别了,恺撒,去战死的人向你致敬"。据古罗马传记作家苏托尼俄斯(约69—约140)说,这是古罗马角斗士在角斗前列队经过皇帝包厢前面时高呼的话。

歌，好让我们忘掉焦虑。她同意了，她那清脆、年轻的歌声立刻在黑夜中飞翔。她唱的想必是一首悲伤的歌，因为音符拖得悠长，缓缓地从她的嘴里发出来，像受了伤的鸟儿一样在波涛上飞舞。

大海不断上涨，现在已经在击打我们的失事的船。我呢，别的都不想，只想着这歌声。我也想着那些美人鱼①。如果有一艘船从我们旁边驶过，那些水手会怎么说？我的苦恼的心灵已经迷失在幻想中了。一个塞壬！这个把我留在这虫蛀的船上、待会儿就要和我一起葬身海底的人，不就是一个塞壬，那大海的女儿吗？……

但是我们五个人突然滚倒在甲板上，因为"马利亚－约瑟"号向右侧坍下去。英国姑娘跌倒在我身上，我趁势搂住她，不知道怎么了，也不明白怎么了，以为最后的一秒钟已经来临，我疯狂地吻她的面颊、她的太阳穴和她的头发。船不再摇晃，我们也一动不动。

父亲喊了一声："凯特！"我还搂着的那个姑娘回答"yes"，并且动了一下，挣脱了身子。的确，我这时宁

---

① 美人鱼：亦译"塞壬""美人鸟"，古希腊神话中人身鸟足的女妖，住在地中海小岛上，常以美妙的歌声诱使航海者触礁毁灭。

愿船分成两截，我跟她一起掉进水里去。

英国人接着说：

"轻轻咬（摇）晃了一下，没什么。我的三个女儿都海（还）在。"

他刚才看不见大女儿，起初还以为她丢了！

我慢慢地站起身，忽然看到海面上，离我们很近有灯光。我叫喊，有人回答。那是一条来找我们的小船，旅馆老板已经料到我们会不慎出事。

我们得救了。我却深感遗憾！人们把我们从破船上接走，然后送到圣马丁。

英国人现在搓着手，低声说：

"多么美味的晚餐！多么美味的晚餐！"

的确，我们吃

了晚餐。可我并不高兴，我一直在怀念"马利亚-约瑟"号。

第二天，频频拥抱、许诺互相写信以后，不得不分手了。他们动身去比阿利茨。我差点儿跟了他们一起去。

我已经痴迷了。我几乎要向她求婚。可以肯定，如果我们在一起待上一个星期，我就要娶她了！人有时多么软弱和不可理解啊！

两年过去了，我都没有听人谈起过他们；后来我收到一封从纽约寄来的信。她在信里告诉我，她已经结婚了。从那以后，我们每年一月一日都互相写信。她对我叙说她的生活，谈她的孩子们，她的妹妹们，可从来不谈她的丈夫！为什么？啊！为什么？……而我呢，我只跟她谈"马利亚-约瑟"号……这大概是我唯一爱过的女人……不……我本来会爱上的女人……唉！……是呀……谁知道呢？……你只能听凭命运的安排……再说……再说……一切都过去了……她也该老了，现在……我恐怕都认不出她来了……啊！从前的那个她，失事船上的那个她……多么美妙的……造物啊！她信里告诉我她的头发已经全白了……我的天主！……这让我痛苦极了……啊！她那金黄的秀发！……不，我的那个她不复存在……这一切……多么令人哀伤！……

隐士*

* 本篇首次发表于一八八六年一月二十六日的《吉尔·布拉斯报》；同年收入维克多·阿瓦尔出版社出版的莫泊桑小说集《小洛克》。

在戛纳①和拉纳普尔②之间广袤平原的腹地，我和几位友人见过一个隐士，蛰居在一片大树覆盖下的昔日的坟滩上。

回来的时候，我们谈起这些并非出家人但却离群索居的怪

---

① 戛纳：法国城市，地中海"蓝色海岸"的重要旅游地，现属普罗旺斯－阿尔卑斯－蓝色海岸大区滨海阿尔卑斯省。

② 拉纳普尔：法国城市，位于地中海岸边，现属普罗旺斯－阿尔卑斯－蓝色海岸大区滨海阿尔卑斯省。

人，这样的人过去屡见不鲜，今天几乎已经绝迹了。我们探讨造成这种现象的心理上的原因，试图弄清是什么样的忧烦把这些人推向了孤独。

一个伙伴突然说：

我认识两个与世隔绝的人，一个男的和一个女的。女的可能还活着。那是五年以前的事了，她当时住在科西嘉岛海边，一座人迹罕至的山顶的废墟里，离最近的人家也有十五到二十公里远。她和一个女仆一起在那里生活。我去看过她。她以前肯定是一个上流社会的妇女。她接待我的时候彬彬有礼，甚至可以说十分亲切。不过我对她的事一无所知，而且也无从猜测。

至于那个男的，我倒是可以给你们说说他的悲惨遭遇。

请各位转过身去。你们会看到在拉纳普尔城的背后，埃斯特莱尔群峰的前面，有一个绿树茂密的尖尖的小山，孤零零的清晰可见。当地人叫它蛇山。我说的那个隐士，大约十二年前就生活在那个山上的一座古老的小寺院的围墙里。

我听人谈起他以后,就决定去认识认识他。三月的一个早晨,我骑马从戛纳出发。到了拉纳普尔,我把马留在客店,就开始徒步攀登那座奇特的圆锥形的小山。山约莫有一百五十米到二百米高。山上长满了芳香植物,尤其是金雀花,香味强烈刺鼻,让人头昏眼花,浑身难受。地上到处是石子;可以经常看到长长的游蛇在碎石地上穿过,消失在草丛里。由此看来蛇山这个俗称也真是名副其实。有些日子,当您攀登向阳的山坡时,游蛇就好像从您脚底下冒出来似的。它们多到让您不敢再往前走,让您有一种异乎寻常的不舒服的感觉,倒不是因为害怕,这些蛇是不伤人的,而是一种神秘的恐惧。我就有好几次产生过这种奇特的感觉,仿佛自己在爬一座古代的圣山，一个香味缭绕、神秘莫测的山丘：满坡金雀花，游蛇麇集，山顶有一座寺院。

这寺院如今还在。至少有人对我说过那曾经是一个寺院。为了不破坏情绪，我也没有多加打听。

就这样，三月的一个早晨，我借口观赏当地的景色，登上了山。到了山顶，果然看见一道围墙，还有一个男子坐在一块石头上。看样子他不会超过四十五岁，虽然头发已经全白，可是胡须几乎还是黑的。他轻轻爱抚着一只蜷缩在他膝头的猫，似乎对我并没有丝毫戒心。我围着废墟绕了一圈；废墟有一个部分用树枝、麦秸、干草和碎石盖住、封住，该是他住的地方了。然后我就走到他身旁。

从那里看去，景色真是优美动人。右边是埃斯特莱尔高原尖尖的重峦叠嶂，奇形怪状；继而是无边的大海，一直延伸到海岬连绵的、遥远的意大利海岸。戛纳对面是郁郁葱葱、地势平坦的莱兰群岛，就像漂浮在大海上一样；而在最近的一个岛上，临海矗立着一座筑有雉堞的古老的城堡，这城堡几乎就是建在波涛里。

再远处，高耸着阿尔卑斯山脉，山顶依然白雪皑皑，俯瞰着绿色的海岸；视线所及，那海岸上一长串白色的别墅和市镇掩映在绿树丛中，就像沿着岸边产下的数不清的鸡蛋。

我低声地赞叹：

"天啊，多美呀。"

那人抬起头来，说："是呀，不过整天看着这个，也就乏味了。"

这么说我的这位隐士也说话，也与人交谈，也有烦闷的时候。他算落到我手里了。

这一天我没有待多久，我只是试图了解他的厌世带有什么色彩。他给我的突出印象是：他厌倦了世上的人，厌倦了世上的一切，万念俱灰到了无可救药的地步，对自己也像对其他人一样嫌恶。

我跟他谈了半个小时就离开了。不过一个星期以后我又来了，再过一个星期又来了，以后每个星期都来；就这样，不到两个月，我们已经成了朋友。

五月底的一个晚上，我认为时机已经成熟，就带了一些吃的，准备和他在蛇山上共进晚餐。

那是南方处处飘香的一个晚上。就像北方普遍种小麦一样，这个地区的人种花，让妇女们的肌肤和连衣裙散发出香味的各种各样的香精，几乎都是这里出产的。那也是这个地区的花园和山沟里种的无数橘树花香四溢的一个晚上，香味搅得人心痒难熬，连老年人也会昏昏然做起怀春的梦。

他接待我的时候显然很愉快；他高兴地答应和我分享晚餐。

我请他喝了一点葡萄酒，他已经没有喝酒的习惯了。乘着酒兴，他对我讲起他过去的生活。我猜想，他以前一定一直住在巴黎，而且是个快乐的单身汉。

我单刀直入地问他：

"您怎么会有这样古怪的念头，跑到这山顶上来住呢？"

他随即回答："啊！那是因为我遭到了人生最沉重的打击。不过何必对您隐瞒这件不幸的事呢，也许您听了会怜悯我呢！再说……我还从来没有对人讲过……从来没有……我很想知道……一旦……别人会怎么想……怎么评论。"

我生在巴黎，在巴黎接受教育，在这个城市里生活和成长。父母给我留下一笔财产，每年能有几千法郎的进项。经人保荐，我又获得了一个平凡然而稳当的职位，能过上对单身汉来说可谓富裕的生活。

我从青少年时代起就过着独身生活。您应该知道独身生活是怎么回事。我自由自在，没有家庭，而且也打定主意不娶一个合法妻子，有时候跟这个女人过三个月，有时候跟那个女人过半年，然后又有一年没有固定的伴侣，只是去寻花问柳。

这种平淡的生活，或者说平庸的生活，您想怎么说都可以，对我很合适，它满足了我天生的东游西逛、多动好变的习性。我在大街上、剧院里、咖啡馆里混日子，总在外面，几乎成了流浪汉，尽管我有自己的住所。我是成千上万个像

软木瓶塞一样在生活中漂浮的人中的一个;对这些人来说,巴黎的城墙就是世界的边缘,他们对什么都无所谓,对什么都没有热情。我是一个人们所说的无忧无虑的年轻人,没有多大优点,也没有多大缺点。就是这样。我还是有自知之明的。

总之,从二十岁到四十岁,我的生活就是这样说慢也快地流逝了,没有任何突出的事情可以说道。巴黎单调的岁月过得真快,头脑里没有留下任何值得纪念的往事。这样的岁月既漫长又短促,既快乐又平庸,稀里糊涂地吃呀喝呀,有什么可尝的食物、可吻的女人,就把嘴唇伸过去,哪怕根本就没有什么欲望。那时还年轻,老了才知道虚度了年华,没有依靠,没有根基,没有关系,没有亲人,没有妻子,没有儿女,几乎连朋友也没有!

总之,我就是这样不知不觉、转眼之间到了四十岁。为了纪念四十岁生日,我独自在一家大咖啡馆吃了一顿丰盛的晚餐。我在这个世界上形单影只;我认为孤身一人庆祝这个日子也挺有趣。

吃过晚饭,接下去做什么呢,我犹豫不定。我起先想去剧院;后来心血来潮,决定去我当年学过法律的拉丁区旧地重游。于是我穿过半个巴黎,漫不经心地走进一家啤酒馆,那里的侍者其实都是些烟花女郎。

招呼我这一桌的是一个年纪很轻的姑娘,长得挺俊,有说有笑。我请她喝一杯饮料,她爽快地接受了。她在我对面坐下,用她那双老练的眼睛打量着我,想知道在跟一个什么样的男人打交道。那是一个金色头发的姑娘,更准确地说是个金发少女,一个鲜嫩、十分鲜嫩的女孩子,可以想见她那件胀鼓鼓的上衣下面的肌体一定红润而又丰满。我像一般人对这类女子常做的那样,对她说了些调情的蠢话。这姑娘确实讨人喜欢,我突然一时冲动,要带她去……还是庆祝我的生日呗。我没有多费口舌,也没有遇到什么困难。她告诉我，她已经空……了半个月了，她答应下班以后先陪我去中央菜市场吃夜宵。

我怕她悄悄离开我——谁也不知道会发生什么情况，会有什么人闯进这家啤酒馆，女人的头脑里会刮起一阵什么风——所以我整个晚上都待在那里等着她。

我也空，而且已经空了一两个月了。我一边看着这羽毛未丰的爱神在桌子间穿梭，一边思忖着是不是跟她订一个合同，包她一段时间。一直到这里，我跟您讲的只不过是一件巴黎的男人们生活中平平常常、司空见惯的事情。

请原谅我跟您叨叨这些粗俗的细节。没有经历过富有诗意的爱情的男人，挑选女人也只能像去肉铺选购排骨一样，别的不管，只看肉的质量。

总之，我跟她到了她的家——因为我对自己的被褥多少还有几分敬意。那是一间小小的女工的居室，在六楼①，寒酸但是挺干净。我在那里美美地过了两个小时。那个小姑娘，真是少有的娇媚和温柔。

临别的时候，我跟还躺在床上的小姑娘约好了下次

---

① 巴黎老房子的六楼，大多为顶层，通常是仆人、穷苦人的住处或储物室。

见面的日子，便走过去按规矩把酬金放在壁炉台上。就在这时，我隐约瞥见炉台上放着一个带半球形钟罩的座钟、两个花瓶和两张照片，其中的一张已经很旧了，是那种印在玻璃上的俗称达格雷①的照片。我随意俯身细看，那是一张肖像。我顿时愣住了，这太意外了，我简直弄不懂是怎么回事了……那是我的照片，我的第一张肖像照……我从前在拉丁区上大学的时候照的。

我猛地把那张照片抓过来仔细端详。我没有看

---

① 达格雷：法国摄影家路易·达格雷发明的摄影术，不用底片，将影像生成在一个直接曝光的镜子一样光滑的银片上。

错……事情是那么突然而又荒唐,我几乎笑出声来。

我问:"那位先生是什么人呀?"

她回答:"是我父亲,不过我没见过他。妈妈留给我的,嘱咐我保存好,说不定有一天有用……"

她犹豫了一下,接着又笑了起来,说:"说实在的,我也不知道有什么用。我不相信他会来认我。"

我的心像一匹受惊的马狂奔时那样怦怦乱跳。我把那张照片平放在壁炉台上,把口袋里仅有的两张一百法郎的钞票全都搁在上面,连自己也不知道在做什么,然后就一边逃跑一边喊着:"回头见……再见……亲爱的……再见。"

我摸索着走下黑暗的楼梯时,听见她回答:"星期二再见。"

走到外面,我发现在下雨;我就随便沿着一条路大步离去。

我惊魂未定,心乱如麻,一面往前走,一面绞尽脑汁在记忆中搜寻。这可能吗?——可能。——我突然想起一个姑娘,在我们断绝了关系一个月以后,给我写过一封信,说她怀了我的孩子。我把那封信不是撕了就是烧了,便把这件事丢在脑后。我真应该好好看看小姑娘壁炉台上那张女人的照片。可是我还能认得出她来吗?印象中,那好像是一个老年妇女的照片。

我走到河边,看见一条长凳,就坐下来。雨还在下。不时有几个打着雨伞的行人走过。我感到生活是那么卑污可憎,充满了有意无意的劣迹、丑行和罪孽。我的女儿!……我刚才占有的也许就是我的女儿!……而在巴黎,在这阴沉、忧郁、泥泞、凄凉、黑暗、门关户闭的偌大的巴黎,通奸、乱伦、强暴幼女之类的事情比比皆是。我不禁想起听人说过:在一些桥上经常有无耻的色狼出没。

而我却在无意中,在不知情的情况下,干下了比这些无耻之徒还要卑劣的事情。我钻进了自己女儿的被窝!

我几乎要投河自尽。我已经疯了!我四处游荡直到天明,然后就回家去闭门思考。

我做了看来是最明智的事:我自称受朋友之托,请一位公证人把那个小姑娘找来,问她母亲是在什么情况下,把她当作父亲的那个人的照片交给她的。

公证人按照我的要求做了。那个女人是在临终前的病榻上,当着一个教士的面,对她说这照片上的人就是她父亲的。人们还把那位教士的名字告诉了我。

于是,依然借用那个没人认识的朋友的名义,我把我的一半财产,大约十四万法郎吧,给了这个孩子,规定她只能动用利息;然后我就辞了职,来到这里。

我在这一带海岸游荡的时候,发现了这座山,就在这儿留下了……会待到什么时候……我也不知道!

"您对我做的这一切……有什么想法呢?"

我一面向他伸出手,一面回答:

"您已经做了应该做的事。对于这种在劫难逃的可怕遭遇,很多人也许不会像您这样认真呢。"

他接着说:"我知道;不过,我,却几乎因此而发疯了。看来我的心灵特别脆弱,自己却从来也没有发现。现在,我害怕巴黎,就像信教的人害怕地狱一样。我挨了迎头一棒,事实就是如此,这打击就好比一块瓦掉下来,正好砸在一个行路人的头上。最近我已经好些了。"

我告别了这位隐士。他的故事让我激动不已。

我又去看望过他两次，后来就离开了，因为五月底以后我是从来不会待在南方的。

第二年我再来时，他已经不在蛇山；从此以后我再也没有听人说起过他。

这就是我那位隐士的故事。

珍珠小姐 *

* 本篇首次发表于一八八六年一月十六日的《费加罗报》的文学增刊；同年收入维克多·阿瓦尔出版社出版的莫泊桑小说集《小洛克》。

1

那天晚上,我居然选珍珠小姐做我的王后,说真的,这是多么古怪的主意哟。

我每年都要到世交尚塔尔家去过三王来朝节①。他是

---

① 三王来朝节:又称主显节,是天主教节日,为每年一月六日。在这个节日,人们有分食三王来朝糕饼的习俗,饼内放一蚕豆或小瓷人,吃到者为国王,由他挑选王后。

我父亲最要好的朋友。当我还是个孩子的时候，父亲就经常带我去他家过这个节。后来我一直保持着这个习惯，而且只要我还活着，只要这世界上还有一个尚塔尔家的人，我都会一如既往。

不过，尚塔尔一家过日子的方式也实在很奇特；他们虽然生活在巴黎，却犹如居住在格拉斯①、依弗托或者季风桥②。

他们在天文台③附近有一座房子，带个小花园。他们常年待在自己家里，在那儿就像生活在外省一样。对于巴黎，真正的巴黎，他们一无所知，也根本不去猜想；他们离它是那么遥远！那么遥远！不过，有时他们也出去走一趟，做一次长途旅行。用这家人的话说，就是尚塔尔太太去大办粮草。且看他们是怎样去大办粮草的。

珍珠小姐有厨柜的钥匙（衣柜是由女主人掌控的）；珍珠

---

① 格拉斯：法国城市，临近地中海，以生产香料著称，今属普罗旺斯－阿尔卑斯－蓝色海岸大区滨海阿尔卑斯省。
② 季风桥：法国东北部大东部大区莫特－摩泽尔省的一个小城。
③ 天文台：指巴黎天文台，位于塞纳河左岸，卢森堡公园南面；在塞纳河左岸所谓的巴黎"旧市区"。

小姐告知：糖快要用完了，罐头已经吃光了，口袋里的咖啡所剩不多了。

得到面临饥荒的警报，尚塔尔太太就巡视尚余的食品，并且在她的记事本上详加记录。写下很多数字以后，她首先专心致志地进行长时间的计算，继而同珍珠小姐进行长时间的讨论。不过最后总是达成一致，并且确定未来三个月所需的各种东西的数量：糖呀，米呀，李子干呀，咖啡呀，果酱呀，罐装豌豆、扁豆、龙虾呀，咸鱼或者熏鱼呀，等等，等等。

计划已毕，她们便选定采购的日期，乘出租马车，就是那种车顶上有行李架的出租马车，去桥对面新市区[①]的一家

[①] 尚塔尔家住巴黎天文台，在塞纳河左岸，本文所说的桥对面和河对面，就是塞纳河右岸，比左岸晚开发，所以又叫"新市区"。

很大的食品杂货店。

尚塔尔太太和珍珠小姐一起,神秘兮兮地做这次旅行,直到晚饭时分才乘那辆像搬家大车似的、顶上堆满纸盒布袋的马车回来,虽然还很兴奋,但是在车里一路颠簸,已经精疲力竭。

在尚塔尔一家看来,塞纳河对岸的那一部分巴黎都是新市区,住在那里的人都奇奇怪怪、喧喧嚷嚷、不登大雅之堂,白天不务正业,夜晚寻欢作乐、挥金如土。不过他们仍然有时带着女儿们上剧院,去喜歌剧院或者法兰西剧院①看演出,当然所看的剧目都是尚塔尔先生常读的那份报纸推荐的。

女儿如今一个十九岁,一个十七岁;这两个姑娘都长得很美,身材修长,眉清目秀,而且很有教养,甚至有教养得有些过分,成了两个漂亮的布娃娃,即使走在大街上也引不起人们的注意。我从来也没有产生过向尚塔尔小姐们献殷勤或者求爱的念头;她们给人的感觉是那么纯洁无瑕,跟她们说两句话也要鼓起几分勇气,向她们致礼也生怕会有所冒犯。

---

① 喜歌剧院和法兰西剧院都是巴黎的著名剧院,均位于塞纳河右岸。

至于她们的父亲，那是个和蔼可亲的人，很有学问，很直率，很真诚，但是他最爱的还是悠闲、恬静、安宁；在他的强烈影响下，这个家庭变得死气沉沉，而他就在这一潭死水的氛围中自得其乐地生活。他爱读书，喜欢闲谈，而且很容易动感情。由于缺乏和外界的接触、碰撞和冲突，他的表皮，他的精神的表皮，已经变得十分敏感和脆弱。一点点小事就会让他激动、烦躁和痛苦。

尚塔尔家也与人交往，只不过交往的人很有限，而且都是在邻近的人家里慎重挑选的。他们每年也和住在远方的亲戚们互相访问两三次。

而我呢，每逢八月十五日①和三王来朝节都要去他们家吃晚饭。就像天主教徒在复活节要领圣体一样，这成了我的一种义务。

---

① 八月十五日是天主教的圣母升天节。

八月十五日,他们还邀请几个朋友;而三王来朝节那天,我却是唯一的客人。

2

所以,今年跟往年一样,我又到尚塔尔家吃晚饭,庆祝三王来朝节。

按照惯例,我跟尚塔尔先生、尚塔尔太太和珍珠小姐拥吻,并且对路易丝和波丽娜小姐行了深深的鞠躬礼。他们向我打听各种各样的事情:巴黎林荫大道①上发生了什么大事啰,政局有什么变故啰,公众对于东京事件②有何想法啰,我们的议员们的动态。尚塔尔太太身体肥胖;她的所有想

---

① 林荫大道:此处指巴黎市内从巴士底广场到玛德莱娜广场的几条连续的林荫大道,十九世纪末曾是巴黎最时尚和繁华的地带。
② 东京事件:此处东京指越南北部。一八八三年法国强迫越南签订《顺化条约》,把越南变为其"保护国"。后又向中国军队发动进攻,挑起中法战争。 一八八五年中国军队大败法军,引起法国政局动荡,以致费里内阁垮台。莫泊桑在一八八五年四月七日发表于《吉尔·布拉斯报》的一篇时评中曾写道:"它(法国人民)为被普鲁士战败而感到羞耻,但是为被中国打败而感到荣耀。"

法，在我的印象中都是正方形的，就像方石那样。对于所有政治问题的争论，她总习惯用这句话加以总结："这一切都不会有好结果。"为什么尚塔尔太太的想法在我的想象中都是正方形的呢？我也不知道；不过她所说的话，确实在我的脑海里全都具有这种形状：一个正方形，四角对称的老大的正方形。另有一些人的想法，在我看来总是圆形的，并且像圆环一样能够滚动；如果他们就某件事说点什么，一开口那些圆形的想法就滚动而出，越来越多，十个，二十个，五十个，有大的，有小的，我眼看着它们一个接一个地朝前滚，一直滚到天边。还有一些人的想法是尖形的……不过，这都是题外话。

且说我们像以往一样坐下来吃饭，直到晚饭结束，也没有说过什么值得一提的话。

到了吃甜点的时候，三王来朝饼端了上来。以往年年都是尚塔尔先生做国王。是连续的巧合，还是家里人的默契，我就不得而知了，反正他总是万无一失地在分给他的那一角糕饼里发现那个小瓷人，而且他总是宣布尚塔尔太太为王后。因此，当我咬了一口糕饼，感到里面有个硬邦邦的东西，差点儿崩了我的一个牙的时候，不免大感意外。我慢慢地把那东西从嘴里掏出来，只见是一个并不比蚕豆大的小瓷人。我惊讶地叫了声："啊！"大家都看着我，尚塔尔鼓着掌大声喊道："是加斯东，是加斯东。国王万岁！国王万岁！"

所有的人都齐声欢呼："国王万岁！"我顿时脸红到耳根，就像人们遇到有点尴尬的局面常会不由自主地脸红一样。我低着头，两个指头捏着那豆大的瓷人，好不容易露出笑容，却一时间不知道该做什么、说什么。这时尚塔尔又说："现在，该选一个王后啦。"

这一下我更是不知所措了。刹那间，各种各样的想法，各种各样的猜测，闪过我的脑海。会不会是想让我在两位尚塔尔小姐中指定一个呢？会不会是想用这个法儿让我说出更喜欢哪一位小姐呢？会不会是做父母的在慢慢地、轻轻地、不露痕迹地促成一桩可能成功的婚事呢？须知婚姻的盘算经常在每一个有大龄女儿的家庭徘徊，而且是采取各种形式、各种伪装、各种手段。我非常害怕被牵连进去；同时

路易丝和波丽娜小姐那端庄得让人捉摸不透的态度也让我胆怯至极。从她们中选一个而冷落另一个，对我来说就像从两滴水中选一滴一样困难。再说，想到可能因为这毫无意义的王位，被人用委婉、不易觉察、平平和和的手段拖进一场婚姻的冒险中而不能自拔，我真的怕得要命。

不过我突然灵机一动，把那个具有象征意义的瓷人递给了珍珠小姐。起初大家都感到意外，接着他们大概对我的精细和周到表示赞赏了，因为他们疯狂地鼓起掌来。他们高喊着："王后万岁！王后万岁！"

而她，可怜的老姑娘，却慌了神；她浑身发抖，神情惶恐，结结巴巴地说："这可不行……这可不行……这可不行……别选我……我求您啦……别选我……我求您啦……"

直到这时，我才生平第一次仔细打量珍珠小姐，思忖她究竟是怎样一个人。

我已经习惯于在这个家里看到她，不过就像我从小就常坐的那些绷着绒绣的古色古香的安乐椅一样，经常看见它们，却从来没有注意过它们。有一天，不知为什么，只因一缕阳光落在那个座椅上，你会突然对自己说："嘿，别看这件家私，倒挺有意思呢。"进而你会发现它的木架原来是一位能工巧匠精雕细刻的，布面也美轮美奂。总之，我从来也没有留意过珍珠小姐。

她是尚塔尔家的一员，仅此而已；可是她是怎样成为尚塔尔家一员的呢？又是以什么身份呢？——这个身材瘦长的女人，虽然竭力不惹人注意，却不是一个可有可无的人。家里人待她都很友善，胜过一个仆人，但是又不如一个亲人。我突然察觉了在此以前从未在意过的大量的微妙差别！尚塔尔太太叫她"珍珠"。姑娘们喊她"珍珠小姐"。尚塔尔先生却只称呼她"小姐"，也许态度比她们对她更要尊重些。

我端详起她来。——她多大年纪了？四十岁？没错，四十岁。——这个姑娘并不算老，只是她故意打扮得老气。这一意外的发现让我深感惊讶。她的发式、衣着和饰物都很可笑，可是尽管如此，她这个人却一点也不可笑，因为她身上有一种朴素自然的优雅气质，只是这优雅的气质含而不露，被她刻意隐藏起来了。真的，多么古怪的人啊！我怎么会从来都没有好好观察过她呢？她的发式古里古怪，梳成一个个非常老式、可笑至极的小卷儿；在这专为圣母保留的发式下面，可以看到一个宽阔宁静的前额，上面有两道很深的皱纹，两道长期积郁留下的皱纹；再下面是一双大而柔和的蓝眼睛，眼神那么羞涩，那么胆怯，那么谦虚；这双美丽的眼睛仍然是那么稚气，充满了少女般的好奇，年轻人的敏感，也充满了往日经历过的忧伤，这非但没有让这双眼睛变得浑浊，反而使它们更显得温柔。

她的整个面孔清秀而又矜持，那是一张并没有经受太多劳苦、磨难或生活中的大喜大悲就已经凋谢和失去光彩的面孔。

多么美的嘴！多么美的牙齿啊！但是她却好像连笑都不敢笑！

我忽然拿她和尚塔尔太太做了个比较！可以肯定地说，她强过尚塔尔太太，强过一百倍，比她更优雅，比她更高贵，比她更自尊。

我对自己的观察结果大为惊讶。这时香槟酒斟好了。我向王后举起酒杯，说了一段字斟句酌的赞词，向她祝酒。我看得出她多么想把脸埋进餐巾里。后来，当她的嘴唇终于浸入那清澈的美酒时，大家齐声高呼："王后喝酒啦！王后喝酒啦！"她顿时脸羞得通红，呛了一下。大家都笑了。我看得很清楚：在这个家庭里，人们都很喜爱她。

3

晚饭刚结束，尚塔尔就拉住我的胳膊。他抽雪茄的时间到了，这可是神圣的时刻。他一个人的时候，总是去街上抽烟；如果有客人来吃晚饭，他就上楼到台球室去，一边打球一边抽。这天晚上，因为是三王来朝节，台球室里甚至生起了火；我的老朋友拿起台球杆，一根十分精致的台球杆，用白粉仔细地打磨了一会儿，然后说：

"你开球,小伙子!"

尽管我都已经二十五岁了,他却总是对我以"你"相称,因为他在我还是个娃娃的时候就认识我了。

于是我就开了球;我打了几个连撞两球,也有几次打空。由于我的脑子里一直在想着珍珠小姐的事,我贸然地问道:

"请问,尚塔尔先生,珍珠小姐是您的亲戚吗?"

他好像很惊讶,停止打球,望着我:

"怎么,你不知道? 你不知道珍珠小姐的身世吗?"

"不知道。"

"你父亲从来没有跟你说过?"

"没有。"

"瞧,瞧,多么奇怪呀!哈哈! 多么奇怪呀!啊! 不过,这可是一件十分奇特的事哟!"

他沉吟了片刻,然后接着说:

"今天是三王来朝节,你偏偏在这样一个日子问我这件事,真是太奇怪了!"

"为什么?"

啊! 为什么! 你听着。那已经是四十一年前的事

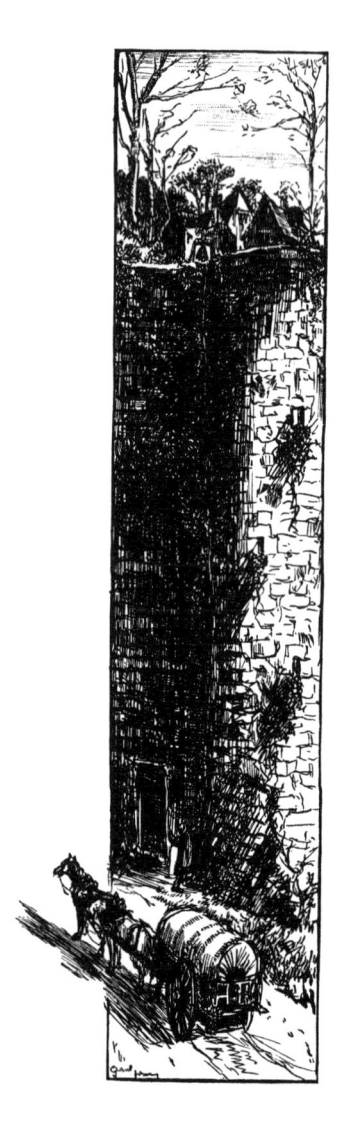

了，四十一年前的今天，三王来朝节。我们那时住在鲁伊－勒托尔的老城墙上面；不过先得跟你交代一下我们那所房子，你才能听得明白。鲁伊城建在一个山坡上，更确切地说是建在一个山岗上，俯视着一片广袤的草原。我们在那里有一所房子和一个高悬着的美丽的花园，因为那花园被古老的护城墙托举在半空。也就是说房子在城里，朝着街道，而花园却高居于平原之上。那花园也有一个门通向田野，就像小说里常见的，城墙里凿了一道暗梯，下了暗梯就是这个门。门前有一条大路；门上装了一个大钟，因为乡里人给我家送采购的生活必需品，都爱走这个门，免得绕个大圈子。

现在你已经很清楚那地方的情况了,是不是?另外,那一年,三王来朝节的时候,大雪已经连绵不断地下了一个星期。简直就像是到了世界末日。我们到城墙上去看平原,只见一望无垠的白色原野,白晶晶,结了冰,像涂了一层清漆一样闪亮,不禁感到寒彻骨髓。真像是老天爷把大地打了包,准备送进古老世界的顶楼杂物间似的。我敢向你保证,那景象实在凄凉。

当时我们全家住在一起,人口多,很多,有我的父亲,我的母亲,我的叔叔婶婶,两个哥哥,四个堂妹;这四个堂妹都是标致的姑娘,我娶了最小的一个。这些人当中,活在世上的只有三个人了:我妻子、我和我的大姑子,她现今住在马赛。见鬼!好端端一个家庭,凋零到什么样子啊!一想到这儿我就不寒而栗!我呢,那时十五岁;可不,我都五十六岁了。

就要庆祝三王来朝节了,我们都很高兴,真的很高兴!就在大家在客厅里等着吃晚饭的时候,我大哥雅克忽然说:"有一条狗在平原上叫了有十分钟了,这可怜的畜生想必是迷路了。"

他的话音还没有落,花园里的大钟就响起来。那钟声像教堂的钟声一样低沉,令人联想到死人。大家都不禁打了个寒战。我父亲唤来仆人,叫他去看看。我们都屏声息气地等着,不过都想着那覆盖大地的积雪。仆人回来报告说他什么也没有看见。可是狗还在叫,不住地叫,而且叫声也没有改变地方。

我们坐下来吃饭,但是都有点紧张,尤其是年轻人。直到吃烤肉的时候一切都还好,后来钟声突然又响了,而且接连响了三下,这三下又重又长的钟声震得我们连手指尖都打战,气都透不过来了。我们面面相觑,手里空举着叉子,内心充满神秘的恐惧感。

终于还是我的母亲说:"真奇怪,过了这么长时间又回来敲钟。巴蒂斯特,再去看看,不过别一个人去;

让在座的一位先生陪你去。"

我叔叔弗朗索瓦站起来。他是个大力士，常以自己强壮有力而骄傲，而且天不怕地不怕。我父亲对他说："带一支枪去吧。谁也不知道会是怎么回事。"

但是我叔叔只拿了一根手杖，就立刻同那个仆人一起出去了。

我们留下的人战战兢兢，忧心忡忡，吃不下饭，也无心说话。父亲安慰我们说："你们等着看吧，不是一个乞丐就是一个过路人在大雪里迷了路。他先敲了一次钟，见没有人立刻给他开门，就想再去找一找路，可是没有找到，便再回到我们的门口来敲钟。"

我们感到叔叔似乎去了一个钟头之久。他终于回来了，气急败坏地骂着："什么也没有，他妈的，肯定是个捣蛋鬼！此外，只有那条该死的狗在离城墙一百米远的地方叫个不停。我要是带了一杆枪，就把它毙了，让它住口。"

我们又吃起饭来，不过心里都惴惴不安，明显地感到这件事并没有完，就要发生什么事，那个大钟马上还会响。

就在人们切三王来朝饼的时候，它果然又响了。所有的人都不约而同地站起来。我叔叔弗朗索瓦刚喝了一点香槟酒，发誓一定要去杀了"他"。见他怒气冲天，我母亲和婶婶连忙跑过去拦住他。我父亲虽然很镇静，而且有点儿腿脚不便（他从马上跌下来摔断了一条腿，从那以后就拖着脚走路），可是他表示想看看究竟是怎么回事，他也要去。我的两个哥哥，一个十八岁，一个二十岁，跑去拿枪。看到没有人注意我，我就抄起一支气枪，也准备跟着去探险。

探险队立刻出发了。父亲、叔叔和手拿提灯的巴蒂斯特走在前头。哥哥雅克和保尔紧随着他们。我也不顾母亲的劝阻，跟在最后。母亲和婶婶以及我的几个表姐在房门口等着。

雪又下了有一个钟头了，树木都覆盖着积雪。枞树几乎被

这沉甸甸的灰白色的外套压弯了腰,看上去就像一座座白色的金字塔或者一个个巨大的糖锥;透过细密的雪花织成的灰蒙蒙的帷幔,只能隐隐约约地看到那些较小的灌木,它们在黑暗中已经变得十分模糊。雪下得那么大,只能看到十步远。多亏那盏提灯在我们前面投下一道耀眼的亮光。开始沿着在城墙体内凿成的转梯往下走的时候,老实说,我害怕起来。就好像有人在我身后走来,就要抓住我的肩膀,把我拖走似的。我真想往回走;可是回家又要穿过整个花园,我更不敢。

我听见通向平原的那扇门打开了;接着,叔叔又骂起来:"妈的,他又走了!这狗杂种,只要看到他的影子,我就一枪干掉他。"

茫茫原野看上去阴森森的,或者不如说让人感觉到阴森森的,因为我们根本看不见它;能够看见的只是无边的雪的帷幕,头上、脚下、前面、左面、右面,铺天盖地。

叔叔又说:"听,那条狗又叫了;我这就去让它领教一下我的枪法。还是这样干脆。"

但是我父亲为人很慈善,他说:"最好还是去找找它,这可怜的畜生是饿极了才叫的。这不幸的东西,它是在呼救;它像遇到危难的人一样,在呼唤我们。快走。"

我们继续前进,穿过那雪幕,穿过那持续、浓密的大雪,穿过那充满黑夜和空气的飞絮。飞絮冉冉舞动、飘洒、跌落,在把我们的肌肉冻僵的同时它也融化了;就像火燎一样,每当一朵小小的白色雪花触及皮肤,皮肤就会感到迅疾、剧烈的疼痛。

我们的膝盖都深陷在这柔软、寒冷的积雪中;必须把腿高高抬起来才能迈进一步。我们越往前走,狗的叫声越清晰、越响亮。叔叔突然大喊:"在那儿!"我们就像在夜间遭遇敌人似的,停下来观察。

我呢,什么也没看见;于是紧跑几步,赶到其他人身边,这才看到它。那条狗看上去既可怕又奇特。那是

一条大黑狗，一条毛很长、头很像狼的牧羊犬，四腿直立，站在提灯在雪地上洒下的那一长条亮光的尽头。它并不走开，而且顿时安静了下来，注视着我们。

我叔叔说："多奇怪呀，它不冲上来，也不后退。我真想给它一枪。"

我父亲语气坚定地说："不，还是捉住它。"

这时我大哥雅克补充说："而且不光有条狗。它旁边还有一个东西呢。"

它身后果然有一个东西，一个灰颜色的东西，没法看得清究竟是什么。我们又开始小心翼翼地往前走。

见我们走近，那条狗蜷起后腿坐下。它并没有露出凶恶的样子，倒不如说它因为终于把人吸引来而感到高兴呢。

我父亲径直朝它走过去，抚

摸着它。那狗舔着他的手；这时我们才发现它被拴在一辆小车、一辆用三四层毛毯包得严严实实的玩具似的小车的轮子上。我们细心地揭开毯子，巴蒂斯特把提灯移近这个像带轮的小窝棚似的车子的小门，只见里面有个睡着的婴儿。

我们惊异得连话都说不出来了。我父亲首先恢复了镇定。他心地非常善良，又有点容易冲动，当即把手放在车顶上，说："可怜的弃儿啊，你从此就是我们家的人了。"他随即吩咐我哥哥雅克推着这意外的发现走在前面。

父亲又自言自语地说："一定是个私生子；可怜的母亲联想到圣婴，所以选在三王来朝节的夜晚来叫我们的门。"

他又停下来，透过夜色，朝着四边的天空放声大喊了四遍："我们把他收下啦！"然后，他把手搭在我叔叔的肩膀上，低声说，"弗朗索瓦，要是你朝狗开了枪，会怎么样呢？……"

叔叔没有回答，但是他在黑夜中画了一个大十字；别看他爱说大话，他可是个虔诚的教徒哩。

系着狗的绳子已经解开，它就跟着我们。

啊！我们回家的情景才有意思呢。我们首先费了好大劲把车子从城墙内的暗梯抬上去；不过我们还是成功了，并且把它一直推到门厅。

我妈妈的神情多么逗呀，她又是高兴又是惊慌。而我的四个堂妹（最小的一个当时才六岁），就像四只小鸡团团围住一个鸡窝。最后我们把还在酣睡的孩子从小车里抱出来。那是一个约莫六周大的女孩。在她的襁褓里还发现了一万法郎金币，是的，一万法郎！爸爸把这笔钱存了起来准备给她做嫁妆。这说明她不是穷人家的孩子……而可能是某个贵族和城里一个小市民家的女子生的……要不然就是……总之我们做了种种推测，却永远一无所知……一无所知……甚至连那条狗也没有人认得出来。那狗不是本地的。不过不管怎样，可以断言，到我家门口敲了三次钟的那个男子或者那个女子,十分了解我的父母,才选中了他们。

这就是珍珠小姐在出生才六周的时候来到尚塔尔家的经过。

不过,我们叫她珍珠小姐,那是后来的事了。最初人们给她洗礼起的教名是"玛丽-西蒙娜·克莱尔","克莱尔"就算是她的姓了。

我敢说,当我们带着这个婴儿进入饭厅的时候,那情形真是有趣极了。她已经醒了,用那双蒙眬、迷离的蓝眼睛看着她周围的这些人和灯光。

大家又重新坐下,分食糕饼。我当上国王,并且像您刚才做的那样选珍珠小姐做我的王后。那一天,她肯定没有想到会有人给她献上这份荣幸。

孩子就这样收留下来,在我们家里抚养。她长大了,多少年一晃就过去了。她善良、温柔、随和。所有的人都喜爱她;要不是母亲阻拦,我们一定会把她惯得不成样子。

母亲是一个门第观念和等级观念很强的人。她同意像对待自己的儿子们一样善待小克莱尔,但是她又坚持我们之间的距离一定要清楚,身份一定要明确。

因此,这孩子刚懂事,她就让她知道了自己的身世,并且以很委婉，甚至很温存的方式向小姑娘的脑海里灌输了这种观念：对尚塔尔家的人来说，她是个养女，是被收留的，总之是个外人。

克莱尔有着罕见的智慧和惊人的本能，她了解自己的处境；而且她知道接受并且严守留给她的这个地位，总是那么有分寸，那么心甘情愿，那么善解人意，常常把我的父亲感动得流泪。

这个温柔、可爱的孩子，满怀热烈的报恩和甚至有点诚惶诚恐的尽忠之情，连我母亲也被深深感动了，开始叫她"我的女儿"。有时她做了什么对人厚道、体贴入微的事，我母亲就把眼镜推到额头上——这是她心情激动的表示——一迭连声地说："这孩子，真是一颗珍珠，一颗真正的珍珠啊！"——这个名字就这样留给了小克莱尔。克莱尔变成了珍珠小姐，我们从此一直这么称呼她。

4

尚塔尔先生沉默不语了。他坐在台球桌上，两条腿晃悠

着,左手玩弄着一个台球,右手揉搓着一块擦拭记在石板上的得分的抹布,也就是我们所称的"粉擦"。他的脸微微涨红,声音低沉。他现在已经是在对自己说话了,就仿佛步入了回忆之境,在重又浮现于脑海的联翩的回忆和往事中缓缓前行,就好像我们重游故居的花园,我们在那里长大,那里的每一棵树,每一条路,每一种花木:带尖儿的冬青,扑鼻香的月桂,鲜红肥美的果实一捏就破的紫杉,每走一步就唤起我们过去生活中的一件小事,一件微不足道而又饶有兴味的小事,而正是这些小事构成了我们人生的实质,人生的内容。

我呢,依然面对着他,背靠着墙,两手拄着那根已经没有用场的台球杆。

他沉静了片刻,又说:"天呀,她十八岁的时候多么漂亮……多么优雅……多么完美……啊！漂亮……漂亮……漂亮……善良……诚实……迷人的姑娘哟！……她的眼睛蓝蓝的……清澈……明亮……这样的眼睛，我从来也没有见过……从来也没有！"

他又沉默不语了。我便问："她为什么没有结婚呢？"

他回答了，不是回答我，而是回答一闪而过的"结婚"二字：

"为什么！为什么！她不愿意……不愿意。尽管她有三万法郎金币的家资，而且曾经有好几个人向她求婚……可她就是不愿意！那段时间她好像心情很不好。也就是我娶了现在的妻子——我的堂妹小夏洛特的时候，我和她六年前就订婚了。"

我看着尚塔尔先生，仿佛深入到他的灵魂，突然看到发生在许多诚实、正直、无可指责的心灵中的无数平凡而又残酷的悲剧中的一幕。这些悲剧往往埋藏在心里，从不向人吐露，从未有人探索，任何人，哪怕是默默忍受着痛苦的悲剧的牺牲者们，都不知情。

我突然受好奇心的驱使，冒失地问：

"您本来应该娶她的，是不是，尚塔尔先生？"

他打了个哆嗦，看着我，说：

"我？娶谁？"

"珍珠小姐呀。"

"为什么？"

"因为您爱她胜过爱您的堂妹。"

他眼睛睁得圆圆的，露出惊异、慌张的神色，注视着我，然后吞吞吐吐地说：

"我……我爱她？……怎么爱？谁告诉你的？……"

"这还用说，一看就知道……您就是为了她才拖了那么久娶您的堂妹，让她苦等了六年。"

他放下左手拿着的那个台球，用两只手抓着那块粉擦捂着脸，呜咽起来。他哭的样子既可怜又可笑，就像挤海绵一样，鼻涕、眼泪、口水一起流。他咳嗽，吐痰，用粉擦擤鼻涕、揉眼睛、打喷嚏，然后脸上的所有缝儿又开始往外流汤，同时喉咙里发出令人联想到漱口的

响声。

我呢，又惊慌，又愧疚，真想溜之大吉，因为我不知该说什么，做什么，怎么办才好。

忽然，尚塔尔太太的声音从楼梯里传来："你们的烟快抽完了吧？"

我打开门，大声说："是的，太太，我们这就下来。"

然后，我又连忙跑到她丈夫身边，抓着他的两肘，说："尚塔尔先生，我的朋友尚塔尔，听我说：您太太在叫您，镇静些，快镇静些，该下楼了，镇静些。"

他结结巴巴地说："好……好……我就来……可怜的姑娘！……我就来……请告诉她我这就来。"

他开始用那块擦石板上的各种标记已有两三年之久的破布仔细地擦脸；后来脸露出来了，但变成了白一块红一块，额头、鼻子、两颊和下巴都染上了白粉；眼睛还肿肿的，满含着泪水。

我抓着他的手，把他拉到他的卧室，一边小声对他说："对不起您，非常对不起您，尚塔尔先生，让您难过了……不过……我并不知道……您……您一定能理解……"

他紧握着我的手，说："是的……是的……谁都有难过的时候……"

说完,他就把脸浸在脸盆里。当他的脸从水里出来时,我觉着还是见不得人;不过我想出一个小小的计策。见他在镜子里看到自己的样子正有些犯愁,我就对他说:"只要您说眼里掉进了一颗沙子,您就可以尽情地在大伙儿面前哭了。"

他真的用手绢揉着眼睛走下楼。大家都很着急;每个人都要来找那颗根本找不到的沙子,并且还举出一些类似的情况,都是弄到后来不得不去找医生。

我呢,这时已经走到珍珠小姐身边,端详着她。强烈的好奇心折磨着我,这好奇心正在变成一种痛苦。的确,她早先一定很漂亮;她那双温柔的眼睛,那么大,那么宁静,那么开朗,似乎从来也不曾像常人那样闭上过似的。她的打扮是有点儿怪,地道的老处女的打扮,但这只减少了她的姿色而并没有让她显得笨拙。

我刚才在尚塔尔先生的心灵中看到的一切,仿佛在她的身上一目了然;这女子的谦卑、纯朴、忠诚的一生,仿佛从头至尾展现在我的眼前。不过我还是嘴唇痒痒的,忍不住要问问她,想弄明白她是不是也爱过他;她是不是也像他一样默默地承受过漫长、剧烈的痛苦，没有人看得出，没有人知道，也没有人猜得到；但是到了夜间，孤独一人在漆黑的卧室里，就会禁不住暗自悲伤。我望着她，仿佛看到她的心在高领短上衣下面跳动；我寻思：这张纯真温柔的脸是否每晚都在泪水浸湿的枕头里叹息，这身躯是否在燥热难眠的床上抽噎得战栗。

就像孩子们宁可把玩具砸碎也要看看里面到底是怎么回事，我把声音压得低低的对她说："要是您看见尚塔尔先生刚才哭得多么伤心，一定会可怜他的。"

她不禁哆嗦了一下："怎么，他哭了？"

"啊！可不，他哭了。"

"为什么哭？"

她好像很激动。我回答：

"因为您呗。"

"因为我？"

"是啊。他对我说，他从前曾经是多么爱您；没有娶您而娶了他现在的妻子，他付出了多大的代价……"

只见她那苍白的脸拉长了一点；那双始终睁大的眼睛，那双宁静的眼睛，一下子合上了，快得仿佛再也不会张开了。

接着她便从椅子上滑下去，轻轻地、慢慢地瘫倒在地板上，就像一条滑落的披肩一样。

我大声疾呼："快来呀！快来呀！珍珠小姐不好啦。"

尚塔尔太太和两个女儿赶紧跑过来；趁她们忙着找水、找毛巾、找醋，我拿了帽子就溜之大吉。

我大步流星地走开，内心却在剧烈地震撼，又是后悔，又是歉疚。不过有时我也暗自高兴，因为在我看来，自己做了一件值得称赞而又很有必要的事。

我自问："我是做错了？还是做对了？"以前他们把这一切藏在心底，就好像铅弹埋在封闭的伤口里。现在他们是不是轻松些了呢？让折磨他们的旧情重新开始也许为时已晚，但是让他们柔情地怀念那段时光总还来得及。

也许在即将来临的春天的某个晚上，一缕穿过树枝洒在脚边草地上的月光，会令他们触景生情，互相依偎着，互相紧握着手，一起回忆那隐忍在心中的残酷的痛苦；也许这短暂的亲近会在他们身上激起从未领略过的震颤，向这些苏醒片刻的人身上注入转瞬即逝的、神圣的陶醉和疯狂的感觉；而这种陶醉，这种疯狂，在一阵战栗间赋予情人们的幸福，可能比其他人一辈子所获得的还要多呢！

罗萨丽·普吕当 *

* 本篇首次发表于一八八六年三月二日的《吉尔·布拉斯报》；同年首次收入维克多·阿瓦尔出版社出版的莫泊桑小说集《小洛克》。

这桩案子里的确有个疑难之处，无论是陪审员、庭长，还是共和国检察官，都无法理解。

南特①的瓦朗波夫妇的女佣罗萨丽·普吕当这个姑娘，在主人不知道的情况下怀孕了；一天夜里，她在顶楼杂物间分娩，然后把她的孩子杀死埋在花园里。

这倒也是女佣们干下的所有杀婴罪行中司空见惯的故事。不过有一件事始终没法解释：在这姑娘的房间里进行搜查，发现了罗萨丽亲手做的一整套婴儿穿的衣服，那是她在三个月的时间里每天夜里亲手剪裁、亲手缝制的。为了这项漫长的工程，她用自己干活挣来的工钱，向杂货铺老板买了许多蜡烛；这位老板也来做了证。另外，已经证实的是，她

---

① 南特：法国西部重镇，今大西洋卢瓦尔省省会，卢瓦尔河地区大区首府。

把自己怀孕的事透露给了当地的助产婆,这个助产婆传授给了她各种知识,给了她在发生意外而又不可能获得帮助时的一些实用的建议。另外,她还为预见到将会被主人辞退的普吕当姑娘在普瓦西①找了一份工作,因为瓦朗波夫妇在操守问题上是不开玩笑的。

瓦朗波夫妇正在出庭做证。丈夫和妻子,一对外省②靠年金生活的小有产者,对这个玷污了他们家门的道德败坏的女人怒不可遏。他们恨不得不用审讯,立刻就判她绞刑。他们对她做了许多充满仇恨的证词,这些证词在他们口里都成了指控她的罪名。

犯人是一个下诺曼底③的高大标致的姑娘;对她的情况已经做了足够的预审,可她只是一个劲地哭,问什么都不回答。

既然一切都表明她本希望保住并且养活她的孩子,人们

---

① 普瓦西:巴黎西面塞纳河畔的一个市镇,今属法兰西岛大区伊夫林省。
② 外省:法国人通常称巴黎地区以外的地区为外省。
③ 下诺曼底:原法国西北部的一个行政区,包括卡尔瓦多斯、芒什、奥恩三个省。下诺曼底和上诺曼底(包括滨海塞纳和厄尔两省)现已合并为诺曼底大区。

只得认定她是在走投无路、一时失去理智的情况下做出这野蛮行为的。

庭长再一次试图让她说话,让她招认,带着最大的温情诱导她,终于让她明白所有这些人聚集在这里审问她,绝不是为了要她的命,甚至还可能是为了替她申诉呢。

于是她下定了决心。

庭长问:"那么,先告诉我们,谁是这孩子的爸爸?"

直到那时她都执拗地隐瞒这一点。

她看着刚才狂怒地辱骂她的主人,突然回答:

"是约瑟夫先生,瓦朗波先生的侄子。"

那夫妇俩跳了起来,异口同声地叫喊:"这是假的! 她撒谎。这是血口喷人。"

庭长命令他们住口，接着对姑娘说："请说下去，告诉我们这件事是怎么发生的。"

于是她滔滔不绝地说起来。她的封闭的心，她可怜的孤独和备受折磨的心，终于可以一吐为快。她把自己的悲伤，自己的全部悲伤，一股脑儿向这些她一直当作敌人和冷酷无情的判官的严肃的人倾诉出来。

"是的，是约瑟夫·瓦朗波先生，他去年来度假的时候。"

"约瑟夫·瓦朗波先生是做什么的？"

"他是炮兵士官，先生。他在家里待了两个月。夏天的两个月假期。他开始看我，接着对我说些恭维话，接着整天哄我，我什么也没想。我呢，我让他迷住我，先生。他一遍又一遍对我说我是个漂亮姑娘，我招人喜欢……我合他的意。我呢,我当然喜欢他了……您要怎样呢?……像我这样,一个人……孤零零……就爱听这些话。我在这个世上孤苦伶仃,先生……我没有任何人可以说话,没有任何人可以诉说我的苦闷……我既没有父亲,也没有母亲,没有兄弟,没有姐妹,什么人也没有!他开始跟我聊天的时候,我感到就好像一个兄弟回来了。后来,一天晚上,他要我下到河边,可以静静地说话。我呢,我就来了……我知道什么?我知道后来会怎么样?……他搂住我的腰……可以肯定,我不愿意……不……不……我不能……我想哭……可是空气那么温和……月光那么明亮……我没能……不,我向您发誓……我没能……他就做他要做的事了……就这样延续了三个星期,只要他还待在这儿……我本来会随他去天涯海角……他走了……我呢,我不知道怀孕了!……我过了一个月才知道……"

她哭起来,哭得那么厉害,他们也不催她,给她时间恢复平静。

然后,庭长又以教士对忏悔者的口吻说:

"好啦,请继续说。"

她又开始说:"我发现我怀孕了,就告诉了接生的布丹

太太，她就在这儿，可以做证；我问她，如果这事儿发生了而她又不在该怎么办。接着，我就给孩子做衣服，一夜又一夜，每天晚上都不间断，直到半夜一点钟；接着，我就找另一份工作，因为我很清楚，我一定会被辞退；但是我希望能在这家里做到头，可以节省几个苏，因为我的钱不多，而且为了小家伙，我需要钱……"

"那么，您本不想杀掉他了？"

"噢！当然不，先生。"

"那么，您为什么杀了他呢？"

"事情是这样的。这事儿来得比我预料的要早。当时我还在厨房里，快洗完餐具的时候。

"瓦朗波先生和太太已经睡着了；于是我上楼去，已经有些困难，拉着扶手；我躺在地上，躺在方瓷砖上，为了不把床弄脏。这事情持续了也许一个小时，也许两个小时，也许三个小时；我完全不知道，我是那么痛；后来，我使出全身的力气往外挤，我感到他出来了，我就把他捡了起来。

"啊，是的，我很高兴，当然了！我一切都按布丹太太告诉我的做了，一切！然后，我就把他放到我的床上！后来，我又感到一阵痛苦，而且是一阵要命的痛苦。——如果你们，你们这些先生，经历过这个，你们就不会要这么多孩子了，算了！——我跪下，然后仰面躺在地上；就这样，我又痛起来，也许有一个小时，也许两个小时，独自一个人躺在那儿……后来又出来一个……又出来一个小东西……就这样，我生了两个……是

的，两个……！我像第一个一样把他捡起来，把他放到床上，并排——两个——怎么可能呢，您说？两个孩子！我一个月挣二十法郎！您说……这可能吗？一个，可以，省吃俭用，还可以……但是两个可不行！这让我昏了头。我怎么知道呢，我？——我能选择吗，您说？

"我能知道吗！我看到自己的末日来了！我也不知道怎么了，把枕头放在他们身上……我不能留下两个孩子……我还躺在上面，一边哭，一边翻来覆去，直到从窗户看到天明；他们都在枕头下面压死了，当然了。于是我把他们夹在胳膊底下，走下楼，走到花园里，拿起园丁的铁锹，把他们埋在地里，尽可能地深，这边一个，然后那边一个，不在一块儿，好让他们不埋怨母亲，如果死了的小孩子还会说话的话。我怎么知道，我？

"后来，我躺在床上；我是那么难受，

起不来。人们找来医生，他什么都明白了。这就是实情，法官先生。您爱怎么办就怎么办吧，我准备好了。"

一半的陪审员都在一把把地擤着鼻子，为了不哭出声来。旁听席里的一些妇女也痛哭流涕。

庭长问：

"您把另一个埋在哪儿了？"

她问：

"你们找到的是哪一个？"

"是……那个……长生花下面的那一个。"

"噢！另一个在井旁边，草莓底下。"

她呜咽起来，哭得让人心碎。

女佣罗萨丽·普吕当被宣告无罪。

关于猫*

* 本篇首次发表于一八八六年二月九日的《吉尔·布拉斯报》；同年首次收入维克多·阿瓦尔出版社出版的莫泊桑小说集《小洛克》。

昂蒂布[①]海角

1

那一天,我正坐在门前的大太阳地里,银莲花盛开的花坛前的一张长凳上,读一本新近出版的书,一本少见的也饶有兴味的书:乔治·杜瓦尔[②]的《箍桶匠》。园丁的一只大白猫跳到我的腿上,让它这么一动换,我的书合上了。我索性把书放在一边,抚摸起这个小畜生来。

---

① 昂蒂布:法国市镇,濒临地中海,今属今普罗旺斯-阿尔卑斯-蓝色海岸大区滨海阿尔卑斯省。这篇小说写作时,莫泊桑正在昂蒂布,他在这里租了一个别墅,经常在昂蒂布海角散步。他在给友人的信里曾称赞这里"像布列塔尼的一片荒原一样僻静"。
② 乔治·杜瓦尔(1847—1917):法国记者和戏剧家,曾像莫泊桑一样为《高卢人报》撰写专栏文章。

天气和暖。刚刚绽放的花朵的芳香，还是羞答答、时断时续的淡淡的芳香，在空气中掠过；空气里也时而拂过我从那儿看得见的白色大山顶上传来的令人微颤的寒意。

但是太阳是炽热的，锐利的，是那种翻腾泥土赋予它生机，剖开种子让沉睡的胚芽苏醒，激活叶芽让叶子舒展的太阳。那只猫在我的腿上打滚，仰面躺着，四脚朝天，爪子时而张开时而合拢，嘴唇里露出尖尖的牙齿，几乎是闭着的眼皮缝里露出绿色的眼睛。我抚摸、逗弄着这个柔软，富有弹性，像暖和柔软的丝绸般温驯，有趣而又危险的畜生。它高兴得呼咻呼咻地哼着，但又时刻准备着咬人，因为它喜欢受人宠爱也同样喜欢挠人。它伸长了脖子，扭摆着身子，我不再抚摸它的时候它就站起来，把头钻到我抬起的手下面。

我经常招惹它，它也经常招惹我，因为这些动物可爱而又凶恶，我喜爱它们也嫌弃它们。

我喜欢抚摸它们，喜欢让它们像丝绸般柔顺的毛皮在我手底下滑过，喜欢感觉这毛皮里，这精致优美的毛皮里的温暖。再也没有什么比一只猫的柔和、战栗的皮袍更温暖，再也没有什么能够给人的皮肤比它更微妙、更细腻、更奇怪的感觉了。可是这活的皮袍又经常让我的手指产生一种奇怪而且残酷的欲望：掐死我正在抚摸的这个畜生。我也感觉得到它身上那咬我、撕碎我的欲望，我能感觉到它，也能接收它，就好像这畜生把一股流质传给了我，我通过插在这温暖的毛皮里的手指接收到它。然后它上升，顺着我的神经、沿着我的肢体上升，直到我的心脏、我的头脑；它充满我的全身，顺着我的皮肤奔驰，让我咬牙切齿。而我的十个手指间，仍然时时刻刻感觉着那渗入我、浸透我的强烈而又轻盈的快意。

如果这畜生先开始，如果它咬我，如果它抓我，我就抓住它的脖子，把它抡起来，然后像投石器掷石头一样把它抛得远远的，动作那么快，那么猛，让它根本来不及报复。

我记得小时候我就喜欢猫，同时有了用我的小手把它们掐死的欲望；有一天，在花园的尽头，树林的入口，我突然发现有个灰色的东西在深深的草丛里打滚。我走去一看，原来是一只猫，被套索套住了，脖子被勒住，发出嘶哑的喘气声，奄奄待毙。它扭动着身子，用爪子刨着泥土，蹦起来，又摔到地上，失去知觉，然后重新开始，急促、嘶哑地喘着气，发出唧筒般的响声，我现在还听得见那可怕的响声。

我本可以拿起一把铁锹，砍断套索；我本可以去找一个仆人或者通知我的父亲。——不，我一动不动，我的心怦怦地跳着，怀着颤抖的残酷的快意看着它死掉！这是一只猫；如果是一条狗，我宁可用牙齿把铜丝咬断，也不会让它再多痛苦一分钟。

等它死了，确实死了，但是还有点热乎，我就走过去摸摸它，拽拽它的尾巴。

2

不过猫很有趣，特别有趣，因为一边抚摸着它们，它们呼哧呼哧地哼着，用仿佛从来看不见我们的黄色的眼睛看着我们、蹭着我们的身体的时候，我们又清醒地感到它们的温柔不安全，它们的欢快阴险自私。

有些女人，一些曼妙、温情、眼睛明亮但又虚伪的女人，也给我们这种感觉。她们选择了我们，和我们谈情说爱。可是在她们身边，当她们张开胳膊、噘起嘴唇的时候，当我们心情激动地拥抱她们的时候，当我们享受着她们微妙爱抚的肉感和美味的愉悦的时候，我们感到就好像在抱着一只猫，一只尖牙利爪的猫，一只阴险狡猾的猫，厌倦了接吻就会咬人的伪装成情人的敌人。

所有的诗人都喜爱过猫。波德莱尔①为它们唱过神圣的赞歌：

> 不论是狂热的恋人还是严肃的学者
> 在他们成熟的时期都同样喜爱猫
> 强壮而又温柔的猫，家中的骄傲，
> 它们像他们一样畏寒，足不出户。
>
> 它们是科学和享乐的朋友，
> 总追求黑暗的寂静和恐惧。
> 埃雷布斯②会让它们拉灵车，
> 如果它们肯屈尊甘当奴隶。
>
> 它们摆出伟大狮身人面像的

---

① 波德莱尔：全名夏尔·波德莱尔（1821—1867），法国诗人，著名诗集《恶之花》的作者，有"一个堕落时代的但丁"之称。他生活在唯美主义的帕尔纳斯派和象征主义交汇的时期，而他的诗歌创作饱蘸浪漫激情，倾向古典诗艺。下面所引的诗是他的《恶之花》的第六十六首，题为《猫》。
② 埃雷布斯：古希腊神话中首要的地狱之神，它生于空虚和原始的混沌，是黑暗的化身。

高贵姿态,终日冥思遐想,
仿佛沉睡在无尽的梦幻中。

多产的肚子满是魔术的火花。
一粒粒黄金就像细腻的沙子,
隐约点缀着它们神秘的眸子。

3

我呢,有一天我突然有一种奇怪的感觉,好像我曾经在一只白雌猫的神奇宫殿里居住过,那是一座魔幻般的宫殿,这些身姿婀娜、神神秘秘、撩乱人心的动物里有一只在那里享有无上的权威,这只猫大概是所有生灵里唯一的一只,人们从未听到过它走动的声音。

那是去年夏天,就在这地中海的岸边。

尼斯[①]天气酷热,我于是向人们打听,是不是在山里有一个凉爽的谷地,这一带的居民可以去透透气。

---

① 尼斯:法国东南部濒临地中海的重镇,今普罗旺斯-阿尔卑斯-蓝色海岸大区滨海阿尔卑斯省省会。

有人告诉我有一个托朗①山谷。我便想去那里看一看。

去那里先要到香水之城格拉斯,等某一天我叙述每升价值两千法郎的那些花的香料和香精是怎么制造出来的时候,我会谈到这座城市。我在城里的一家老旅馆,一家无论饮食的质量和房间的清洁程度都成问题的低级客栈挨过了一夜。第二天早晨我就继续赶路。

道路沿着深深的沟壑向山区挺进,两旁是荒凉、贫瘠、尖尖的山峰。我思忖着:人家向我介绍的想必是个十分古怪的避暑的地方;我犹豫起来,甚至要往回走,当天晚上就赶回尼斯,忽然看到前面有一座似乎把整个谷地都阻断的大山,山上有一座令人赞叹的庞大的废墟,在天空勾画出一座座塔楼,一堵堵残垣断壁,整个一座死去的城池建筑的身影。那是昔日控制托朗一带的古代圣殿骑士团②的指挥部。

---

① 托朗:法国市镇,属格拉斯区,在今普罗旺斯 – 阿尔卑斯 – 蓝色海岸大区滨海阿尔卑斯省境内。
② 圣殿骑士团:十二世纪初借口保护到耶路撒冷朝圣的信徒不受伊斯兰教徒攻击而成立的天主教军事组织,后来成为听命于皇权和教会的军事组织,其成员既是僧侣又是战士。后来在法国南部得到迅猛发展,在十字军东征中扮演了重要角色。因其肆虐无度,危及统治阶级,一三一二年被阿维农教廷的教皇克雷芒五世宣布取缔。

我绕过这座山，忽然发现一个很长的凉爽宜人的绿色山谷。深处有草地、流水、柳树，山坡上的枞树直插天空。

在那指挥部的对面，谷地另一边较矮的山坡上，耸立着一座有人住的城堡，名叫四塔楼城堡，建于一五三〇年。不过城堡里已经看不到任何文艺复兴时代的痕迹。

这是个坚固笨重的方形建筑，具有威武强大的特征，正如它的名字所说的，有四个作战的塔楼。

我带着给这座小古堡的主人的一封介绍信，他不让我去住旅馆。

整个山谷果然很有意境，是一个理想的美好的消夏所在。我在那里一直漫步到黄昏；然后，吃了晚饭以后，我就上楼来到给我准备的套房。

我先穿过一个类似客厅的屋子，墙上布满了古老的科尔多瓦①皮，然后进入另一个房间；借着我手里的蜡烛的亮光，我很快就发现墙上挂着一些古老的妇女肖像。关于这些肖像

---

① 科尔多瓦：西班牙市镇，位于瓜尔基维尔河畔，今安达卢西亚自治区科尔多瓦省省会。科尔多瓦皮是经过工艺鞣制、上色而成的高档皮革，多为绵羊皮，用来装饰墙壁或制作华贵家具。

画，泰奥菲尔·戈蒂埃①说过：

> 昔日美人们的泛黄的肖像，
> 我喜爱看椭圆框里的你们
> 手拿着有点褪色的玫瑰花，
> 和百年的花朵多么地相称！

然后，我就走进放着我的床的那个房间。

等只有我一个人的时候，我便审视起这个房间来。它挂满古代的布画，画面上看得到蓝色风景的背景上的一座座粉红色的城堡主塔楼，以及用珍贵的宝石制成的叶丛里奇异的巨鸟。

我的盥洗室在一个墙角塔里。套房的窗户很高大，但是穿过整个墙壁厚度的窗口很狭窄，总之，只是些枪眼，那种从里面可以杀人的洞口。我关上门便睡下，而且很快就睡着了。

我做了一个梦。人们总会梦到一点白天发生的事。在这

---

① 泰奥菲尔·戈蒂埃（1811—1872）：法国诗人、小说家、批评家。著有小说《莫班小姐》《弗拉卡斯上尉》、诗集《珐琅和玉雕》等。这里所引的是他的《诗集》中的《粉笔画》一诗的前四行。

个梦里，我在旅行，走进一家旅馆，在壁炉前的桌旁坐着一个身穿华丽制服的仆人和一个石匠，多么荒诞的搭档，不过我并不吃惊。这些人在谈刚死去的维克多·雨果①，我便加入他们的谈话。最后我到一个关不上门的房间去睡觉，突然看到那个仆役和那个石匠手拿着砖头做武器轻轻地向我的床边走来。

我猛地一下醒过来，不过我过了一会儿才恢复意识。然后，我便回忆前一天的那些事：我到达托朗，古堡主人对我的殷勤接待……我正要再合上眼，我看见，是的，我看见在黑暗中，在黑夜里，在差不多人头的高度，两只火亮的眼

---

① 维克多·雨果（1802—1885）：法国作家、诗人、戏剧家，主要作品有长篇小说《巴黎圣母院》《悲惨世界》《九三年》等，诗集《历代传说集》《静观集》《秋叶集》等，剧本《欧那尼》等。他逝世于一八八五年五月二十二日，葬礼于该年六月一日举行。莫泊桑曾为此写过一篇专栏文章，发表于六月二十二日的《费加罗报》。

睛在看着我。

我抓起一根火柴正要擦亮，听见一个响声，一个轻轻的响声，一个像潮湿和揉皱的内衣掉在地上的轻微的响声；可是当我有了火柴的亮光时，除了房间中间的一张大桌子，什么也看不见。

我从床上起来，把两个房间查看了个遍，查看了桌子底下，查看了橱柜里面，什么也没有。

于是我想，一定是我醒了以后我的梦又延续了一会儿；我便又睡着了，虽然不是那么容易入睡的。

我又做起梦来。这一次我还是在旅行，不过是在东方，在一个我喜爱的国家。我到了一个土耳其人的家里，这个人住在沙漠中间。这是一个很棒的土耳其人，不是阿拉伯人，而是土耳其人，胖墩墩，很客气，很可爱，穿着土耳其人的传统服装，戴着一个缠头巾，就好像背负着一个绸缎铺子，一个法兰西剧院舞台上看到的那种惟妙惟肖的土耳其人。他一边向坐在舒适的长沙发上的我说着恭维话，一边向我献上各种果酱。

然后，一个小黑奴领我到我的卧室——似乎我所有的梦都是这样结束的——一个香味扑鼻的天蓝色的房间，地上铺着兽皮,炉火前——炉火的念头一直追随我到沙漠——一张矮椅上,一个几乎一丝不挂的女子等着我。

这是个最纯粹的典型的东方女子,面颊、额头、下巴上点着几颗星星,特大的眼睛,令人赞美的身条,棕色的皮肤,不过是那种温暖迷人的棕色。

她看着我。我想:我现在总算理解这里的殷勤好客是怎么回事了。在我们傻头傻脑的北方国家,在我们暮气沉沉可恶的假正经的国家,在愚蠢的道德至上的国家,人们是不会用这种方式待客的。

我走到她身边,跟她说话,但是她用手势回答我,看来除了土耳其语,她完全不懂我的语言;而那个土耳其人,她的主人,却是那么精通。

她一言不发倒更好,我手拉着她,把她带到我的床上,我躺在她的旁边……但是人们总是在这个关键时刻醒来!这时我醒了,我感到自己的手正在抚摸着一个暖和而又柔软的东西,不过并不怎么惊讶。

等到我的意识清醒了,我认出这是一只猫,一只大肥猫,正挨着我的面颊蜷缩着,放心地睡着。我让它继续安眠;而我也照它的样子,再一次睡着了。

天亮的时候，它走了；我真以为我做了一场梦；因为我不明白它是怎么进来的，又是怎么出去的，既然门是锁着的。

当我把我的奇遇（有所保留地）讲给我的可爱的主人听的时候，他笑了，对我说："它是从猫洞里来的。"说着，他掀起一个帘子让我看，墙上果然有一个圆圆的小黑洞。

我于是知道这地方几乎所有的老房子的墙壁里都有这种狭窄的长长的通道，从地窖一直通到顶楼杂物间，从女佣的卧室一直通到主人的卧房，把猫变成了国王和这个家庭的主人。

它可以畅通无阻地通行，随心所欲地视察它的领地，可以睡在任何一张床上，看到一切，听到一切，知道所有的秘密、所有的习惯和这个家里的所有丑事。这悄无声息地走来走去的畜生，寂静的巡游者，空心墙里的夜游者，可以无处不去，到处为家。

这让我想起波德莱尔的另一段诗句：

> 它是这个地方的神明，
> 它能决定、主导和支配
> 它的帝国的一切事情，
> 也许它是仙女，是精灵？

帕里斯太太 *

* 本篇首次发表于一八八六年三月十六日的《吉尔·布拉斯报》;同年首次收入维克多·阿瓦尔出版社出版的莫泊桑小说集《小洛克》。

1

我正坐在奥贝尔农小海港的防波堤上,离拉萨利斯村不远的地方,看着夕阳下的昂蒂布。我从未见过如此令人惊羡、如此优美的景色。

在德·沃邦①先生构建的厚重城防高墙包围中的这个小城,在辽阔的尼斯湾中央,伸进茫茫大海。大海高高的波涛在它的墙脚撞得粉碎,用浪花把它环绕。城墙上方,可以看到房屋重重叠叠,向上攀登,直到像古代头盔的两只角一样矗立在空中的两座塔楼。这两座塔楼在阿尔卑斯山乳白色的

---

① 德·沃邦:全名塞巴斯蒂安·勒普雷斯特雷·德·沃邦(1633—1707),法国军事工程师,法兰西学院院士,法国元帅;曾领导设计和建设大批要塞。

背景上,把整个天际都挡住的遥远的巨大雪墙上,勾画出它们的身影。

在城墙脚的白色泡沫和天边的白雪之间,鲜亮的小城挺立在最近一排山峰的青色背景上,犹如夕阳下一座由棕红色屋顶的房屋搭起的金字塔。这些房屋的正面也都是白色的,不过色泽有异,富于变化。

而阿尔卑斯山上方的天空,蓝色也变成了近乎白色,仿佛积雪让它也褪色了似的;几朵银色的云紧贴着苍白的山巅飘浮着;而在海湾的另一边,卧在水边的尼斯城像一条白线,在大海和高山之间伸展。两面大三角帆被强风推着,好像在波浪上奔驰。我看着这美景,简直有些心醉神迷了。

这样的景色是那么美好,那么罕见,看着是那么赏心悦目,它们能嵌入你的脑海,像幸福的记忆那样无法忘怀。人们通过注视去观看、思想、领味、感动、喜爱。善于通过眼睛感觉的人看着事物,会感受到和听觉精妙、灵敏,能够为音乐心动的人同样强烈、细腻、深深的愉悦。

我对我的伙伴马尔蒂尼先生,一个纯血的南方人说:

"瞧呀,这肯定是我看过的最难得一见的景色了。

"我看过圣米歇尔山①这奇大无比的花岗岩的珠宝,从日出时的沙滩上耸起。

"我在撒哈拉看过五十公里长的拉亚奈舍尔吉湖②,在像我们的太阳一样璀璨的月亮下熠熠闪光,并且向月亮散发出像牛奶的热气一样的白色雾霭。

"我在利帕里群岛③看过武尔坎内罗④火山奇异的硫黄喷口,这浓烟滚滚、烈火熊熊的巨大花朵,硕大无朋的黄色花朵,在汪洋大海上怒放,而那座火山就犹如它的枝茎。

"可是,我从没有见过比屹立在夕阳下的阿尔卑斯山上的昂蒂布更美轮美奂的景物。

---

① 圣米歇尔山:法国市镇,一个岩石小岛,位于诺曼底地区芒什省,大西洋芒什海峡的圣米歇尔海湾;环岛为沙地,落潮时部分露出水面与陆地连通。地名来自其主保圣人圣米歇尔。岛上有许多精美建筑,尤以山顶本笃会教堂和修道院著称,是法国最著名的宗教朝圣地和旅游胜地之一。
② 拉亚奈舍尔吉湖:简称舍尔吉盐湖,在阿尔及利亚西北部,是阿尔及利亚和北非最大的湖泊之一。
③ 利帕里群岛:位于西西里岛北侧第勒尼安海上的火山群岛,利帕里也是该岛最大城镇的名字。
④ 武尔坎内罗:是西西里岛伊奥利亚群岛武尔卡诺岛上的火山之一,直到十六世纪才以不连续的方式活跃。

"我不知道为什么古代的记忆萦绕着我;荷马①的一些诗句又回到我的头脑;眼前的它,就像是一座古老的东方城市,一座《奥德赛》②中描写的城市,它就像特洛伊③!尽管特洛伊远离大海。"

马尔蒂尼先生从口袋里掏出一本《萨尔蒂旅游指南》④,读起来:"这座城市最初是地中海的弗凯亚人⑤在公元前三四〇年建立的一个移民地。它从他们那里获得了昂蒂波利

---

① 荷马(约前9世纪—前8世纪):古希腊诗人,被视为西方文学的始祖,他的长篇叙事史诗《伊利亚特》和《奥德赛》记述了公元前十二至前十一世纪的特洛伊战争以及许多海上冒险故事,史称"荷马史诗"。

② 奥德赛:古希腊诗人荷马的长篇史诗作品,全诗二十四卷,一万二千余行,叙述特洛伊战争后,希腊联军英雄奥德修斯在海上漂流十年,历经艰险,终于返回故国,夫妻团圆的故事。

③ 特洛伊:今土耳其西北部爱琴海岸的一座古城,古希腊神话中传说的特洛伊战争即发生在这里,今存遗址,被联合国教科文组织列为世界文化遗产。

④ 《萨尔蒂旅游指南》:一种旅行指南,作者圣克莱芒夫人,署名莱翁·萨尔蒂。全称《地中海沿岸的疗养地及邻近地区》,分六卷:"马赛""从马赛到戛纳""从戛纳到尼斯""昂蒂布""从尼斯到摩纳哥""从摩纳哥到圣雷莫"。

⑤ 弗凯亚人:弗凯亚是古希腊人在小亚细亚修建的古城。弗凯亚人后来占领了高卢,即现今的法国,修建了马赛城,因此弗凯亚人又成为马赛人的别称。

斯①这个希腊名称，意即'相反的城市''城市对面的城市'，因为它的确位于马赛②人的另一个移民地尼斯的对面。

"罗马人征服了高卢人以后，把昂蒂布变成了一个自治的城市；它的居民从此享有了罗马城邦的权利。

"从马尔提亚里斯③的一首警句诗中，我们得知在他那个时代……"

他还在继续读，我打断了他说："这座城市曾经是什么，这无关紧要。我要跟您说的是，我眼前有一座像《奥德赛》里写过的城市。亚洲海岸也好，欧洲海岸也罢，两个海岸的城市都大同小异；但是在地中海的另一边，绝没有一个城市能像它这样引起我对英雄时代的回忆。"

一阵脚步声让我回过头；一个女人，一个高个子褐发女人，正沿着海边的路向海角走去。

马尔蒂尼先生尾音很重地低声说：

---

① 昂蒂波利斯：昂蒂布简称之初的拉丁文名称。
② 马赛：法国南部濒临地中海的重要港口城市，今罗讷河口省省会，普罗旺斯-阿尔卑斯-蓝色海岸大区首府。
③ 马尔提亚里斯：全名马尔库斯·瓦勒利乌斯·马尔提亚里斯（约40—约104），古罗马诗人，代表作《警句诗》反映了一世纪末的罗马的现实。

"这是帕里斯太太,您知道的!"

不,我不知道;不过,听人说出这个名字,这个特洛伊牧羊人的名字①,我又好像回到了梦境似的。

不过我还是问:"帕里斯太太是谁?"

我竟然不知道她的故事,他显得十分惊讶。

我肯定说,我的确一无所知;我看着那个女人;她没有看见我们,径自往前走,一副若有所思的样子,迈着郑重而且缓慢的步子,也许就像古代妇女们走路一样吧。她应该有三十五岁左右,但是仍然漂亮,很漂亮,虽然有一点发福。

于是马尔蒂尼向我讲了下面这个故事。

2

帕里斯太太娘家姓孔博隆波,她在一八七〇年战争②前一年嫁给政府公务员帕里斯先生。那时她还是个

---

① 本文中帕里斯(Parisse)太太的夫姓和古希腊神话中特洛伊王子帕里斯(Paris)王子的名字同音。特洛伊王子出生后曾被父母抛弃到伊达山上,被牧羊人阿瑞拉奥斯收养,做过牧羊人。
② 指一八七〇年由拿破仑三世发起的普法战争。

美丽的年轻姑娘,苗条又快乐,而现在她已经变得身体壮实、郁郁寡欢。

她接受了帕里斯先生,一个腿短肚子大,走起路来总在特别肥大的套裤里碎步小跑的矮个子男人,不过十分勉强。

战后驻守昂蒂布的只有让·德·卡尔莫兰先生指挥的一个正规营。这是个年轻军官,在作战中得到过授勋,但是刚刚配上四条杠。

这位指挥官厌倦了这要塞里,这双重高墙包围中的令人窒息的鼹鼠窝似的生活,经常去海角散步,那儿像公园,又是一个各方的海风都能穿透的松树林。

他在那儿遇到了帕里斯太太;夏天的傍晚,她也经常来呼吸树下凉爽的空气。他们是怎么相爱上的呢?谁知道呢? 他们遇见的时候就互相看看;他们见不着面的时候就互相想着。褐色眼珠,黑色头发,皮肤白皙,微笑时露出皓齿的美丽鲜嫩的南方少妇的形象,仍然浮动在这军官的眼前;他继续衔着香烟散步,只是衔着,但是不抽。当胡子拉碴、衣着不整、短胳膊短腿的丈夫回来吃晚饭的时候,穿着紧身制服上装、红军裤、挂满金饰、金黄色髭须在嘴唇上蜷着的军官的形象,想必也整晚在帕里斯太太眼前掠过。

由于经常见面,再见面的时候,他们也许就互相微微一笑;由于见面的次数多了,他们想他们互相已经了解了。他沉着地向她行了个礼。她有些意外,略微地、略微地弯了弯腰,刚好不至于失礼。不过半个月以后,她已经远远地就向他回礼,然后两个人并肩走起来。

他对她说话了!说的什么?肯定是落日。他们一起欣赏夕阳,不过更多的是在彼此的眼底,而不是向着天际。在半个月的时间里,每天傍晚这都是他们习以为常的借口,在这上面持续谈上好几分钟。

然后,他们放胆一起走几步,随便地谈些什么;不过他们的眼睛已经彼此述说过千百次更私密的东西了。那些秘密的美好的东西,人们可以在目光的甜蜜和激动里看到它们的反映,它们会让人的心剧烈地跳动,它们会让人的灵魂袒露无遗,胜过一次招认。

然后,他应该握住了她的手,吞吞吐吐地说出那些女人看似没有听见其实已经猜到的话。

于是他们之间说好,他们相爱,但是他们的爱情里不能有任何肉欲和粗俗的东西。

她也许会永远停留在这个情投意合的阶段；而他呢，他却想走得更远。他每天都更急切地催促她，要她向他的强烈欲望投降。

她抵制，她拒不同意，似乎下定了决心毫不退让。

然而有一天傍晚，她好像偶然地对他说："我的丈夫刚刚动身去马赛了。他要在那儿逗留四天。"

让·德·卡尔莫兰立刻扑倒在她的脚边，恳求她当天晚上十一点钟打开家门。但是她根本不听他的，生气地回家了。

指挥官整个晚上都心情恶劣；第二天天一亮，他就气急败坏地在城墙上走来走去，从鼓手班到列队操练，不论青红皂白，对军官和士兵滥加惩罚。

但是，回去吃午饭的时候，他在餐巾下面发现一个信封，里面有个写了这样四个字的字条："今晚，十点。"他毫不犹豫地赏给伺候他的伙计一百苏。

这个白天在他看来特别漫长。他很多时间用来精心打扮和喷洒香水。

可是，就在他要开始吃晚饭的时候，有人又交给他一个信封，里面夹着一封电报："亲爱的，事情办完，我乘今晚九点的火车回家。——帕里斯。"

指挥官发出一声咒骂，情绪是那么暴躁，吓得伙计把带盖的大汤钵都掉在地板上。

他怎么办呢？当然啰，他要得到她，就在今晚，不惜一切代价也要得到她；他一定要得到她。他一定要千方百计得到她，哪怕让人把她的丈夫逮捕，关进大牢。一个疯狂的想法突然闪现在他的脑海。他要来一张纸，写道：

夫人：

  我向您保证，他今晚不会回来。而我呢，我十点钟准到您知道的那个地方。别害怕，我以军官的荣誉发誓，一切由我承担。

让·德·卡尔莫兰

他让人把这封信送走以后，平心静气地吃完了晚饭。

八点钟的时候，他让人唤来担任副指挥官的格里布

瓦上尉，一边手里揉搓着帕里斯先生来的那份电报，一边对他说：

"上尉，我收到一封性质很特殊的电报，我不能告诉您它的内容。您去让人立刻关闭城门，严加把守，不准任何人，你听清楚了，明天早晨六点钟以前，不准任何人进城和出城。您还要让巡逻队加强在街上巡查，一定要居民在九点钟以前就回家。谁要是过了这个期限还在外面，就用军事手段押送回家。如果您的人今天夜里遇到我，让他们离我远远的，就好像不认识我一样。

"您听清楚了吗？"

"听清楚了，我的指挥官。"

"我就让您负责执行这些命令了，亲爱的上尉。"

"是，指挥官。"

"您要喝一杯沙尔特勒①吗?"

"非常乐意,指挥官。"

他们碰杯,喝完那杯黄色的利口酒,格里布瓦上尉就走了。

3

九点钟,马赛来的列车准时开进了车站,等两个旅客下了车,又向尼斯驶去。

一个旅客高而瘦,是油脂商人斯克里布先生;另一个,胖而矮,是帕里斯先生。

他们手提着旅行包并肩上路,前往一公里远的城市。

但是,来到

---

① 沙尔特勒:沙尔特勒修会修道士酿制的一种甜烧酒。

港城的城门，守门的士兵们却交叉起步枪的刺刀，责令他们走开。

他们大为惶恐，目瞪口呆，不知如何是好；他们走到一边，商量怎么办；听取了彼此的意见以后，他们又小心翼翼地走回来，想报出自己的姓名，交涉交涉。

但士兵们想必是接到了非常严格的命令，因为他们威胁说要开枪；两个旅行的人被吓坏了，撒腿就跑，把成了累赘的旅行包也扔掉了。

他们又绕着城墙，来到通往戛纳的那条大路的城

门。这个城门同样紧闭着,也由一个咄咄逼人的岗哨把守着。斯克里布和帕里斯两位先生都是谨小慎微的人,没再多说,就返回火车站,去找一个容身之处,因为日落以后城墙周围很不安全。

车站值班员有些意外,不过他睡意蒙眬,也就允许他们在候车室里等候天亮。

他们肩并肩待在绿绒布的长沙发上,没有灯光,他们胆战心惊,根本没有心思睡觉。

这一夜对他们来说真是长之又长。

六点半钟的时候,他们听说城门已经开了,终于可以进昂蒂布了。

他们便重新上路,但是一路上也没有找到他们丢失的旅行包。

当他们心有余悸地走过城门的时候,德·卡尔莫兰指挥官狡黠地眨着眼睛,小胡子翘得老高,亲自审查他们的身份,盘问他们的来由。

然后,他礼貌地向他们致意,为让他们折腾了一夜而抱歉;不过他是奉命行事,必须执行。

昂蒂布城里人心惶惶。有人说是意大利人在策划一次突然袭击①，有人说是皇太子②要登陆，还有人认为是奥尔良党人③要谋反。直到后来人们得知指挥官的这个营被调往很远的地方，德·卡尔莫兰先生也受到严厉的惩罚，这才猜到事情的真相。

4

马尔蒂尼先生说完了。帕里斯太太也散步完了，正在往回走。她眼睛望着此刻在最后的阳光里变成粉红色的阿尔卑斯山，态度庄重地从我身旁走过。

我很想礼貌地跟她打个招呼，这个忧伤的可怜的女人，她想必还一直想着那个已经如此遥远的夜晚，以及那个为了

---

① 一八七一年法国战败后，德意志帝国宰相俾斯麦执意将法国孤立于欧洲的主要国家，正在大力拉拢意大利。
② 皇太子：指拿破仑三世和欧仁妮的唯一的儿子拿破仑·欧仁·路易·让·约瑟夫·波拿巴（1856—1879），他更经常被称作皇太子，曾经是波拿巴分子复辟的希望。
③ 奥尔良党人：法国波旁王族幼支的路易·菲利普公爵在一八三〇年七月革命后取得王位，建立七月王朝，也叫奥尔良王朝。奥尔良党人指奥尔良王朝的拥护者，这时他们仍未停止复辟七月王朝的活动。

她的一个吻而敢于让全城戒严，以致葬送了他的整个前程的那个男人。

今天，他也许已经忘了她，除非他在酒后说起这桩大胆、逗乐而又多情的闹剧。

她又见过他吗？她还爱他吗？但我想："这的确是现代爱情的一个特点，荒唐可笑然而又有英雄的气概。据说讴歌过海伦①和她的墨涅拉俄斯②的奇遇的荷马，或许有着保尔·德·科克③的情怀。这个被抛弃的女人心目中的英雄，他的确勇敢、大胆、英俊，像阿喀琉斯④一样强大，比尤利西斯⑤更足智多谋！"

---

① 海伦：古希腊神话中众神之王宙斯跟勒达的女儿，人间最漂亮的女人，善于模仿任意一个女人的声音，长大后和特洛伊王子帕里斯私奔，引发了长达十年的特洛伊战争。

② 墨涅拉俄斯：古希腊神话中的人物，海伦的丈夫，斯巴达的国王。他是特洛伊战争中的英雄之一。

③ 保尔·德·科克（1793—1871）：法国作家，著有戏剧、喜歌剧、歌曲等大量通俗作品。

④ 阿喀琉斯：古希腊神话中的英雄，除脚踵外，全身刀枪不入。在特洛伊战争中建立奇功。但因得罪太阳神阿波罗，被其暗箭射中脚踵而死。

⑤ 尤利西斯：又名奥德修斯，古希腊神话中最著名的英雄之一，以足智多谋著称，特洛伊木马计便是他的杰作。荷马在《奥德赛》中讴歌了他的事迹。

于莉·罗曼*

＊ 本篇首次发表于一八八六年三月二十日的《高卢人报》；同年首次收入维克多·阿瓦尔出版社出版的莫泊桑小说集《小洛克》。

那是两年前的那个春天的事了，我正沿着地中海岸徒步行走。还有什么比在一条大路上一面走一面遐想更惬意的事呢？您走在阳光下，拂面的微风里，一边是连绵的群山，一边是大海，而您浮想联翩！在两小时的路程中，浪游的心灵里会发生多少幻想、爱情和奇遇啊！各种模糊的愉快的希望随着轻盈和煦的空气进入您的身心；您畅饮着希望，它们在您的心里催生出对幸福的渴求，而这渴求又随着行走引起的饥饿不断增长。迅速美好的念想啊,像鸟儿一样飞翔和歌唱。

我沿着从圣拉斐尔①去意大利的这条漫长的道路前行,或者不如说,我沿着一道就像为再现世上所有爱情诗而制作的漫长多变的布景前行。我在想,从人们搔首弄姿的戛纳,到人们赌博的摩纳哥②,人们到这片土地上来无非就是为了装腔作势或者骗取金钱,或者为了在舒适的阳光下,在这玫瑰和橙树的花园里,显示人的愚蠢的野心、丑恶的追求,彻底暴露人的向上爬、无知、傲慢和贪婪的本性。

突然,在每次峰回路转都会遇到的一个引人入胜的海湾的深处,我发现几座别墅,仅仅四五座,面对大海,坐落在山脚下,一片野生的枞树林前面;那枞树林通过这群别墅背后的两个既没有路也没有出口的大峡谷,一直延伸到很远的地方。其中的一座别墅非常美观,我不禁在它的门前停下脚步。那是一座白色的小房子,镶着棕色的护墙板,满墙的蔷薇花一直爬到屋顶。

① 圣拉斐尔:法国南部城市,濒临地中海,冬季疗养胜地,今属普罗旺斯-阿尔卑斯-蓝色海岸大区瓦尔省。
② 摩纳哥:欧洲的一个城市和公国,位于阿尔卑斯山脉伸入地中海的悬崖上,是著名的赌城。

花园像一张由五颜六色、大小不一的花卉织成的桌布，看似杂乱，但很别致，相当考究。草圃里琳琅满目；台阶每一级的两头各有一簇花；一串串蓝色或黄色的穗状花序从窗口垂在耀眼的正面墙上；小巧玲珑的住宅顶上带石头栏杆的平台，缀满了血迹般鲜红的硕大的铃铛花。

房屋后面可以看到一条开着花的橙树遮蔽的长长的小路，一直延伸到山脚下。

门上有几个金色小字："昔日别墅"。

我思忖，是哪位诗人或者哪个仙女住在这儿，是哪个富有灵感而又性格孤僻的人发现了这个地方，创造了这个仿佛从花束里绽放出来的梦境般的房屋。

稍远的地方有一个养路工在大路上敲石头。我问他这珠宝般的房屋的主人叫什么名字。他回答："是于莉·罗曼夫人。"

于莉·罗曼！从前，在我童年的时候，我经常听人谈起她，一个伟大的女演员，拉歇尔[①]的对手。

[①] 拉歇尔：本名伊丽莎白-拉歇尔·菲力克斯（1821—1858），简称拉歇尔，法国著名的悲剧演员。

没有任何一个女人比她获得更多的掌声，更多的爱，尤其是更多的爱！为了她，有过多少次决斗，多少人自杀，发生过多少起引起轰动的事件！这个如此有魅力的人，她现在多大年纪了？六十岁，七十岁，七十五岁？于莉·罗曼！她就在这里，在这座房子里！这个曾经让我国最伟大的音乐家和最罕见的诗人竞相崇拜的女人！我还记得她在和前者闪亮绝交以后和后者逃往西西里①在全法国引起的轩然大波（当时我十二岁）。

一天晚上，一次首场演出结束，受到全场长达半小时的欢呼，连续谢幕十一次以后，她不辞而别；她和那位诗人就像当时人那样乘驿站快车扬长而去；他们渡过大海到了被称作希腊的女儿的古老的岛上，在围绕巴勒莫②的名叫"金贝壳"的茫茫橙树林下相爱。

人们传说他们曾登上埃特纳火山③，描述他们如何互相紧

---

① 西西里：意大利的一个地区，地中海上的最大的岛屿，首府是巴勒莫。
② 巴勒莫：是位于意大利西西里岛西北部的市镇，为西西里大区及巴勒莫广域市的首府。
③ 埃特纳火山：意大利西西里岛上的一座活火山，海拔三三五七米，欧洲最高的活火山。

搂着,脸贴着脸,俯身在火山口,就像要纵身火的深渊一样。

他已经死了,那个动人心弦的诗句的作者,他的诗句是那么深邃,曾经让整整一代人神魂颠倒;那么微妙,那么神秘,给新诗人们打开了一个新的世界。

那个被抛弃的人也死了,只有他为她找到的乐句,充满胜利和绝望、令人疯狂和心碎的乐句,留在所有人的记忆中。

她就在这儿,她,就在这鲜花覆盖的房子里。

我毫不犹豫,拉响了门铃。

一个小男仆,一个傻里傻气、笨手笨脚的十八岁的小伙子,走来开门。我在名片上写了一句对这位老演员彬彬有礼的恭维话,并且殷切地请求她接见我。也许她知道我的名字,她同意为我打开门。

年轻的仆人走开,然后又回来,请我跟他走;他让我进

了一个整洁得体的路易·菲利普[①]式的客厅,里面的陈设古板而笨重;一个十六岁的小保姆,身材苗条,但是长得不怎么好看,正在为接待我揭掉蒙着家具的套子。

然后,就剩下我一个人待在那儿。

墙上挂着三幅画像,一幅是这位女演员演一出戏的剧照,一幅是那个诗人穿着紧腰的大长礼服和带襟饰的衬衫的画像,还有那位音乐家坐在一架羽管键琴前的画像。她呢,金黄色的头发,楚楚动人,按照当时的习惯摆着姿态,用她那柔美的嘴和蓝色的眼睛微微含笑;画像画得精致、细腻、优雅而又简洁。

他们都好像已经在看着即将来临的后世似的。

所有这一切都散发着从前、往日和故人的气息。

一扇门开了,一个矮小的女人走进来;她年老,很老,很矮小,白色的眉毛,用头带拢着的白发,就像一只真正的白老鼠,敏捷而又闪闪烁烁。

她向我伸出手,用仍然清脆、响亮、激动的声音说:

---

① 路易·菲利普(1773—1850):或称路易·菲利普一世,最后一个统治过法国的国王,一八三〇年至一八四八年在位。

"谢谢,先生。一个今天的男人仍然记得从前的女人,这实在是太难得了!请坐。"

我告诉她,她的房子如何吸引了我,我如何想知道业主的名字,我是怎么知道它的,我没能抵制住拉响她的门铃的欲望。

她回答:

"这真让我高兴,尤其是因为这样的事情还是头一次发生。当他们把您写着亲切的话的名片交给我的时候,我简直激动得发抖了,就好像人们向我宣布一个消失了二十年的老朋友到访一样。我呀,我是一个死了的人,一个真正的没有人还记得、没有人还想着的死了的人,直到我真正死了的那一天;到那时,所有的报纸都会说上三天,说于莉·罗曼,加上一些逸闻趣事,一些细节、回忆以及浮夸的赞词。然后我这个人就结束了。"

她沉默了片刻,又接着说:

"现在,不会太久了。几个月以后,几天以后,这个小女人就只剩下一副小小的骷髅了。"

她抬起头看着自己的画像。那画像在向她微笑,向这个老妇人微笑，向这个它自己的漫画微笑；然后，她又看了看那两个男人，那个满脸鄙夷的诗人和那个富有灵感的音乐家，他们似乎都在自言自语："这个已经成为废墟的人还想要我们做什么呢？"

一股无法形容、撕心裂肺、难以抵制的悲哀，一种存在已经完结、记忆还像就要在深水里溺毙的人一样挣扎的悲哀，令我钻心地疼痛。

从我坐着的地方，我看到车辆在大路上驰过，闪亮而又迅速，从尼斯开往摩纳哥的车里，女人们年轻、美貌、富有、欢乐；男人们带着志得意满的微笑。她也循着我的目光看去，明白了，露出逆来顺受的微笑，小声说：

"现在不可能仍然和过去一样了。"

我对她说：

"您过去的生活多么美好啊！"

她长叹了一口气：

"美好又甜蜜。正因为如此我才感到深深的遗憾。"

我看出她准备叙说自己的往事了，便缓缓地，小心翼翼地，就像人们要触碰痛苦的肉体一样，问起她来。

她谈起她的成功、她的陶醉、她的朋友，谈起她的整个无往不胜的过去。我问她：

"您最强烈的欢乐，真正的幸福，是不是归功于舞台呢？"

她断然回答：

"啊！不是。"

我微微一笑，她把忧伤的眼睛抬向两个画像。

"归功于他们。"

我禁不住问她：

"他们中的哪一个？"

"两个全在内。在我这个老妇人的记忆里，我甚至已经把他们混为一体了。不过我今天对他们中的一个特别内疚！"

"是不是可以说，夫人，您感念的不是他们，而是爱情。他们只是爱情的表达者。"

"可能吧，不过他们是多么出色的表达者呀！"

"他们的确把音乐和诗歌这两个可怕的情敌带给了您。但是，您能肯定您没有被一个普通人爱过；您能肯定一个普通人，他从不是个伟大的人，可是他把自己的全部生命、全部思想、全部时间、全部存在都献给了您，而您却没有感受到同样被人爱、更深切地被人爱着吗？"

她用力地，用她余下的年轻、能够让人心灵里的某种东西震颤的声音大声说：

"不会，先生，绝不会。别的人也许更爱我，但是他不可能像他们那样爱我。啊，是他们给了我歌唱爱情的音乐，世上没有任何人能够像他们那样歌唱爱情！他们曾经那么让我陶醉！一个人，一个芸芸众生，怎么能找得到他们能在声音和词句里找到的东西？如果不能把天上地下的全部诗歌和全部音乐都融入爱情，仅凭着爱哪里能够？而他们却知道怎样用歌声、用词句让一个女人疯狂！是的，在我们的激情里也许幻想多于现实，但是这些幻

想能把你带到云端，而现实永远把您留在自己。是的，他们更爱我；只有通过他们，我才明白、感到和崇拜爱情！"

她突然哭起来。

她的哭，没有声音，只有绝望的眼泪！

我装作什么也没看见，远远地看着她；过了几分钟，她接着说：

"您懂吧，几乎所有的生灵，心都会和身体一起衰老。在我的身上，这种情况却一点也没有发生。我的可怜的身体有六十九岁了，而我的心还是二十岁……这就是为什么我孤独一人住在鲜花和梦幻里……"

我们都久久地陷入沉默。她平静下来以后，又带着苦笑说起来：

"如果您知道……如果您知道……夜晚，天气好的时候，我是怎么过的……您一定会笑话我！我做的事真是既羞耻又可怜。"

我央求她，但是没用……她不肯告诉我她究竟做什么；于是我站起来要走。

她大声说：

"已经要走了！"

听我说我要去蒙特卡洛①吃晚饭,她不好意思地问:

"您不愿意跟我一起吃晚饭吗? 这会让我感到非常愉快。"

我立刻接受了。她很高兴,立刻摇铃。接着,她对小保姆吩咐了几句,便带我参观她的房子。

一个摆满小灌木的玻璃屋似的阳台,开向饭厅,从这阳台可以从一头到另一头看到长长的橙树夹道的小径一直伸展到山边。一把矮座椅荫蔽在树下,说明这年老的女演员经常在那里坐。

接着,我们便走到花园里去赏花。天正逐渐黑下来,这是一个让大地的所有芳香散放的宁静温和的傍晚。我们上饭桌的时候已经几乎没有太阳了。晚饭挺可口,吃了很久;她和我,我们变成了知心朋友;当她明白了我内心已经唤起对她多么深深的亲近感,就像人们从前常说的,她喝了"两指酒",变得更信任,也更外向了。

"我们去看看月亮吧,"她对我说,"我非常喜欢月亮,这好月亮。它是我最强烈的欢乐的见证。就好像我的所有记忆都保存在它里面;我只要仰望它,这些记忆立刻就会回来。

---

① 蒙特卡洛:摩纳哥一个赌场集中的市区。

甚至……有时,晚上……我会看到一个美丽……美丽……美丽的场面。如果您知道的话,……不,您一定会笑话我……我不能……我不敢……不……不……真的,不……"

我请求她:

"好啦……有什么呢?告诉我吧;我答应不会笑话您……我向您保证……好啦……"

她在犹豫。我握起她的双手,她那双那么瘦、那么凉的可怜的小手,轮番地亲吻它们,吻了好几遍。她很感动。不过她还是有些犹豫。

"您答应不会笑话我?"

"不会,我保证。"

"那么,您跟我来。"

她站起身。就在显得笨手笨脚的穿绿色号衣的小男仆在她身后把椅子挪开的时候,她在他耳边很低很快地说了点什么。他回答:

"是啦,太太,我马上就去。"

她拉着我的胳膊,把我领到玻璃阳台。

橙树遮蔽的小径真是美极了。已经高高升起的月亮,满满的月亮,在中间,黄色的沙地上,阴暗的树的圆形或椭圆形的脑袋之间，洒下一条窄窄的银色小径，一条长长的明亮的光带。

这些树都开着花，它们强烈、馨郁的香味充溢了黑夜。在它们变得黑乎乎的绿叶中间，可以看到数以千计的黄萤飞舞，这些发着亮光的飞虫就像点点明星。

我大呼：

"啊，要上演一个爱情场面，这是多么好的布景啊！"

她微笑着：

"可不是吗？可不是吗？您马上就会看到。"

她让我在她旁边坐下。

她轻声细语地说：

"就是这个让人留恋人生。但是你们这些人，今天的男人，是不大会想这些事的。你们是做证券交易的，是商人和主顾。你们甚至不再善于和我们说话。我说的'我们'，当然是指年轻的女人。爱情已经变成了经常以秘而不宣的女裁缝的账单为开始的两性关系。如果你们认为那账单比那女人贵，你们就一走了之；但是，如果你们认为那女人的价值比账单高，你们就付钱。好样的风尚……好样的爱情！……"

她忽然抓住我的手。

"您瞧……"

我惊呆了,兴奋极了……远处,小径的尽头,月光铺成的小径上,两个年轻人正互相搂着腰走过来。他们一路走来,紧搂着,两情缱绻,迈着小步,越过一汪汪突然照亮他们的月光,又立刻进到黑暗中。小伙儿像上个世纪的人那样穿着一件白缎子礼服,戴着一顶插满鸵鸟羽毛的帽子。姑娘穿着一件用裙环撑开的连衣裙,戴着摄政时代①靓女美妇们的高高的帽子。

走到离我们大约一百步的地方,他们停下了,站在小径的中央,互相拥吻,做出各种优美的动作。

我突然认出他们就是那两个小仆人。那种会让你笑断了肠的开心劲儿弄得我在座位上扭来扭去。但我没笑,我强忍着,浑身难受,竭力挣扎着,就像被人截断一条腿,还想抵制让你张开喉咙和下颌叫喊的需要那样。

但是两个年轻人转过身向小径深处走去,他们又变得朴实可爱。他们走了,走远了,消失了,就像一个梦境消失了

---

① 摄政时代:法国国王路易十五(1710—1774)未满十三岁前,由菲利普·德·奥尔良实际代理朝政,这一时期称摄政时期(1715—1723)。

一样。再也看不到他们。空荡荡的小径看上去一片凄凉。

我也一样,我走了,走了,不想再看到他们;因为我明白这个场面一定还会持续很长时间,反复地唤醒整个过去,整个这爱情和布景的过去,骗人而又诱人、虚假而又真实、美妙动人的仿造的过去,让这个老演员和老情种依然怦怦地心跳。

阿马布尔老爹*

＊ 本篇首次发表于一八八六年四月三十日至五月四日的《吉尔·布拉斯报》；同年首次收入维克多·阿瓦尔出版社出版的莫泊桑小说集《小洛克》。

1

灰突突满含潮气的天空仿佛沉沉地压在茫茫的棕褐色平原上。秋天的气味，裸露的潮湿的泥土、落叶和枯草的气味，把傍晚停滞的空气变得更加浓厚。分散在田野里的农民还在劳动，等候晚祷的钟声召唤他们返回农庄。透过为苹果园抵御劲风的大树的枝杈，可以看到东一座西一座农庄的麦秸屋顶。

在一条路边的一堆旧衣服上，一个小小的男孩叉开两腿坐着，在玩一个土豆，不时地让土豆掉进他的罩衫里。五个妇女弯着腰，撅着屁股，在旁边的地里插油菜秧。她们用敏捷而又持续的动作，沿着犁铧刚翻过的长长的田埂，先用一个木头尖儿戳一下，接着立刻把已经有点凋萎、向一边歪倒的油菜苗搁进去,然后用泥土把根子盖上,再继续插下一株。

一个男人手拿一根鞭子,脚穿木屐走过来,在那个小孩的身边停下,把他抱起来亲了亲。这时那群妇女中的一个挺起身子,向他走来。这是个高个子姑娘,脸红扑扑的,髋部、腰部和肩膀都宽宽的,一个身材高大、头发金黄、血气旺盛的典型的诺曼底女人。

她用果断的声音说:

"你来啦,塞赛尔。怎么样?"

那个男人,一个精瘦的小伙子,一脸苦恼,小声说:

"怎么样?不怎么样,还是老样子!"

"他不愿意?"

"他不愿意。"

"那你怎么办?"

"我怎么知道?"

"你去见本堂神父①。"

"好。"

---

① 本堂神父:天主教教士,由主教任命,天主教会负责一个普通教堂事务的神父。

"现在就去。"

"行。"

他们互相看了看。他一直抱着那个孩子。他又亲了一下孩子,然后重新把他放回女人们的衣服上。

远远望去,天际的两座农庄之间,有一匹马在前面拉着一副犁铧,一个男人在后面推着。马,犁铧,耕夫,在傍晚阴郁的天空的背景上慢吞吞地经过。

女人又说:

"那么,你爹他怎么说?"

"他说他不愿意。"

"他为啥不愿意?"

小伙子用手指着他刚才放到地上的那个孩子,又用眼睛望了望在远处犁地的那个男人。

"因为你的孩子,是他的。"

姑娘耸了耸肩膀，用气愤的声音说："见鬼！人人都知道是维克多的！那又怎么样？我犯过错！难道就我一个人吗？在我以前，我妈也犯过错；嫁给你爹以前，你妈也一样。这地方谁没有犯过错？我跟维克多犯过错，是因为我在麦仓里睡觉的时候他搞了我，这，这是真的；后来我又犯过错，那就不是在睡觉的时候了。他要不是一个长工，我准定会嫁给他的。难道这样我就不正派了？"

男的只是说：

"我呢，我是很愿意娶你的，就算有过这桩事儿，而且不管有没有这个孩子。只是我爹反对。走着瞧吧。"

她又说：

"你现在就去见本堂神父。"

"我这就去。"

他迈着乡下人的沉重的步子又上路了；而那个姑娘两手掐着腰，又回去插她的油菜。

去找神父的这个男人名叫塞赛尔·乌尔布莱克，是聋子老头阿马布尔·乌尔布莱克的儿子。虽然他的父亲反对，但他本人是真心实意想娶塞莱斯特·莱维斯克的，尽管她跟维克多·勒考克生了一个孩子。维克多是她父母的农庄的一个普通长工，因为出了这桩子事儿被赶出了门。

再说，在农村是没有贵贱之分的，而且，如果这个长工会过日子，他也能买下一座庄园，和他原来的主人平起平坐。

塞赛尔·乌尔布莱克说完就走了，腋下夹着马鞭子，脑袋里反复琢磨着他的想法，轮番地提起他的沾满泥的沉重木屐向前走。他确实愿意连那个孩子一起把塞莱斯特·莱维斯克娶过来，因为她正是他想要的女人。他说不清为什么；不过他知道，而且深信不疑。他只要看她一眼就会被说服，就会万分激动，感到自己很可笑，就像高兴得变傻了似的。甚至亲一亲那个孩子，那个维克多的孩子，他也感到开心，因为他是从她的身体里出来的。

他看着在天际扶犁的那个男人的远远的侧影，一点也不怨恨他。

但是阿马布尔老爹不同意这门婚事。他像聋子通常那样执拗地反对，疯狂地反对。

塞赛尔在他耳边，在他那只还能听到一点声音的耳边大声吼也无济于事：

"我会好好照料您的，爹。我告诉您，她是个好姑娘，又勤劳，又节俭。"

老爹却总是那句话:"只要我活着,这件事就不成。"

怎么也说服不了他,怎么也不能改变他的严厉态度。塞赛尔只剩下一个希望:阿马布尔老爹怕本堂神父,因为他预感到死亡正在接近。他不大畏惧上帝、魔鬼、地狱、炼狱,虽然他对这一切毫无概念;但是他害怕教士,因为在他看来教士就代表下葬,就好像人们因为怕生病而害怕医生一样。塞莱斯特了解老人的这个弱点,一个星期以来一直催着塞赛尔去找本堂神父。但是塞赛尔总是犹豫不决,因为他也不大喜欢黑色的袍子,它总让他联想到伸出来募捐或者施圣餐面饼的手。

不过他刚才还是下定了决心;他向本堂神父的住宅走去,一边琢磨着该怎样讲自己的事。

拉樊神父是个性格活跃的教士,长得矮小、精瘦,从来不刮胡子,此刻正一面在厨房的炉火前

面烘脚,一面等着吃晚饭。

他见农夫走进来,只是扭过头来问:

"喂,塞赛尔,你有什么事?"

"我想跟您谈谈,本堂神父先生。"

塞赛尔不知所措地站在那儿,一只手拿着鸭舌帽,一只手拿着马鞭。

"那么,就说吧。"

塞赛尔看着女用人,一个老太婆,走起路来脚蹭着地,正在把主人的刀叉放在窗前桌子的一个角上。他结结巴巴地说:

"是这样,这差不多就像做一次忏悔。"

拉樊神父这才仔细打量了一下这个农夫,见他神色不安,表情尴尬,眼睛东看西看,就吩咐女用人:

"玛丽亚,你去自己的房间待五分钟,我跟塞赛尔谈谈。"

女用人气愤地看了那个人一眼,低声发着牢骚走开了。

教士接着说:"说吧,现在可以细细说了。"

小伙子依然犹犹豫豫,看着自己的木屐,摸弄着他的鸭舌帽;后来,他突然下定了决心:

"是这样,我想娶塞莱斯特·莱维斯克。"

"那么,我的孩子,谁挡住你呢?"

"我爹不乐意。"

"你爹?"

"是呀,我爹。他说她有一个孩子。"

"从我们的母亲夏娃①起,她又不是头一个遇到这种事儿的。"

"一个跟维克多生的孩子,维克多·勒考克,昂蒂姆·卢瓦塞尔家的长工。"

"哈哈!……所以他不愿意。"

"他就是不愿意。"

"怎么,就是不愿意?"

"就像一头不肯往前走的犟驴,您别见怪。"

"你呢,你跟他说了什么,劝他改变主意呢?"

"我对他说这是一个好姑娘,又勤劳,又节俭。"

"这也不能打动他。于是你想让我跟他谈谈。"

"正是这样。您说中了!"

"那么,你要我跟你爹说什么呢?"

---

① 夏娃:基督教《圣经》中的人物。据记载,她和亚当违背了神的旨意,偷吃了善恶树所结的禁果,被逐出伊甸园。她是生育能力的象征,也是众生之母。

"这个嘛……您讲道的时候为了让人们捐钱说的那些话就行。"

在这个农民的头脑里，宗教的一切努力目的都是要打开人们的钱袋，掏空人们的口袋，填满上天的银柜；宗教是一个庞大的商行，而本堂神父就是它的店伙计，阴险、狡猾、比任何人都机灵，专门为仁慈上帝赚乡下人钱的店伙计。

他心里非常清楚，教士们是提供服务的，他们为穷人、为病人、为垂死的人提供许多重要的服务，协助他们、安慰他们、给他们当参谋、支持他们，不过这一切都是以钱为报酬的，都是通过人们购买圣事和弥撒，指导和保护，赎罪和宽恕，炼狱和天堂，根据罪人进项的多少和大方的程度而付出的白花花的硬币和漂亮的银子作为交换的。

拉樊神父了解他的教民，从来不会生气。他笑了笑，说：

"那么，好吧，我就编个小故事给他听。不过你，我的孩子，你一定要来听讲道啊。"

乌尔布莱克伸出手发誓：

"拿我穷人的良心担保，只要您为我做这件事，我一定来。"

"行，就这么说。你希望我什么时候去找你爹呢？"

"当然是越早越好，如果可以的话，今晚就去。"

"那么,吃过了晚饭,半个钟头以后。"

"半个钟头以后。"

"就这么说定了。待会儿见,我的孩子。"

"再见,本堂神父先生;多谢您了。"

"没什么,我的孩子。"

塞赛尔·乌尔布莱克心里卸下了一副重担,回家去了。

他租了一个小庄园,很小的庄园,因为他父亲和他都不是有钱人。家里只有他们父子俩,雇了一个女用人,一个十五岁的小姑娘,给他们做浓汤①、养鸡、挤牛奶、搅奶油,他们生活

---

① 浓汤:法国人常做的一种食物,加洋葱、土豆、白菜、面包及肉类等实料熬成的汤。

得很艰难；虽然塞赛尔是个好庄稼汉，但是他既没有土地也没有牲畜，挣的钱只能维持最低的需要。

老人已经不干活了。他像所有的聋子一样整天愁眉苦脸，受着痛风的折磨，腰弯背驼，还拄着拐棍在田里转，用冷峻和不信任的眼睛监视着干活的牲口和人。他有时坐在一个圲沟沿上，一连几个钟头待在那儿一动不动，模模糊糊地想着那些让他操心了一辈子的事，想着鸡蛋和种子的价钱，想着有损或者有益于收成的阳光和雨水。他的受尽风湿病折磨的老胳膊老腿仍然在吸收泥土的潮气，就像它们七十年来一直吸收着盖着潮湿麦秸的低矮茅屋的墙壁散发出的水蒸气一样。

他天黑的时候回到家，就在厨房那张桌子一头他的座位上坐下。盛着浓汤的滚烫的瓦盆一放到他面前，他立刻就用钩子似的手指头捧住；无论寒冬还是盛暑，他在吃饭前总要用它焐焐手，为的是什么也不糟践，不管是一丁点儿热量，因为它是来自炉火，而炉火是很值钱的；还是一小滴浓汤，因为里面是放了肥油和盐末的，或是一星星面包屑，那可是用麦子做成的。久而久之，这些手指头已经保留下瓦盆的圆形。

吃完饭，他就顺着梯子爬上顶楼杂物间，他的草褥子就铺在那里。他的儿子睡在下面，壁炉旁边的一个壁龛里头。而那个女用人则把自己关在一个类似地窖的地方，那是从前用来存土豆的一个黑洞洞。

塞赛尔几乎从来不和他的父亲谈话。只是偶尔关系到卖收成或者买只牛犊的时候，年轻人需要问问老人的意见，才把两只手拢成喇叭，把自己的想法灌进他的脑袋；而阿马布尔老爹就用发自肚子深处的缓慢沙哑的声音，表示赞同或者反对。

一天晚上，塞赛尔就像要买一匹马或者一只牛犊一样，走到他跟前，对着他的耳朵大声告诉他，自己想娶塞莱斯特·莱维斯克。

父亲听了勃然大怒。为什么？是出于道德上的原因？肯定不是。在乡下，一个姑娘的贞操是不怎么重要的。但是他的吝啬，他的深深的、残酷的节俭本能，让他起而反对他儿子要抚养一个不是亲生孩子的想法。他在一刹那就能想到这小家伙在农庄里派上用场以前吞下的所有浓汤,计算出这小东西到十四岁以前吃的所有利弗尔①的面包,喝的多少升的苹果酒;对根本没想到这一切的塞赛尔,他心里怒不可遏。

他用不曾用过的有力的声音回答:

"你是不是昏了头?"

于是塞赛尔开始列举他的理由,称赞塞莱斯特的优点,证明她能挣的钱是养活孩子花费的一百倍。但是老人怀疑她有这些好处,而孩子的存在却是无可怀疑的;他也不多做解释,只是一个劲地说:

"我不同意!我不同意!只要我还活着,这事儿就不能成!"

三个月以来,他们就僵持在那儿,两个人都不松口,每个星期至少有一次,用同样的论据,同样的词句,同样的姿势,重新开始同样的讨论,而结果总是同样的无用。

就是在这时,塞莱斯特让塞赛尔去请本堂神父拉樊帮忙。

农夫回到家,发现他父亲已经坐在桌子旁边等着开饭,

---

① 利弗尔:法国旧时记账货币,一利弗尔相当于一法郎。

因为他去了本堂神父的住宅回来迟了。

他们面对面,默不作声地吃着,先一边喝苹果酒一边喝浓汤,又吃了一点面包抹黄油;然后,他们就一动不动地坐在各自的椅子上,烛光勉强地照着他们,因为小女佣把蜡烛拿走,为了洗勺子,擦酒杯,提前切好面包块,为明天清晨的早饭做准备。

有人敲了一下门,门立刻打开,教士走进来。老人向他抬起充满怀疑的不安的眼睛。他预感到有一种危险,正准备爬上梯子,拉樊神父一只手搭在他的肩膀上,在他耳边喊道:

"我有话要跟您说,阿马布尔老爹。"

趁门还开着,塞赛尔走了出去。他很害怕,不想听他们的谈话;他不愿意让父亲一次次执拗地拒绝把自己的希望弄得粉碎。他们谈话的结果是好还是坏,他更希望事后一下子得知真相。他离开家,向黑夜里走去。

这是一个没有月亮的夜晚,一个没有星星的夜晚,一个空气中满含潮气仿佛变得黏稠的雾蒙蒙的夜晚。一座座农庄的院子附近飘浮着隐约的苹果味,因为这是采摘最先熟的苹果的季节,就像苹果酒之乡的人们所说的,"头茬"的苹果。塞赛尔顺着墙根走的时候,闻得到从里面窄小窗口吹出的,卧在粪便上的牲口的热烘烘的气味,听得见牲口厩里依然站着的马顿足的声音,以及它们用嘴从草料架上扯下和咀嚼干草的声音。

他一边往前走,一边想着塞莱斯特。在他的简单的头脑里,思想仅仅是一些由物体生出的形象,爱的思想仅仅表现为一个高个子红头发的姑娘,她两手掐着腰,面带微笑,站在一条低凹的路上。

他开始希望得到她的那一天,看到的她就是这样的。其实他从小时候就认识她,只不过从来没有像那个早晨那样留意过她;他们聊了几分钟,然后他就走了;他一边走,一边在心里重复着:"天哪,她毕竟是一个漂亮姑娘。虽然跟维克多做过错事。"他直到晚上都在想着这件事,第二天也是。

他再见到她时,感到有什么东西挠得他的喉咙深处痒痒得慌,就像有人把一根鸡毛从他的嘴里插进了他的肺里;从这时候起,每当他在她身旁走过,他就惊讶地发现这种神经质的痒痒总会重新开始。

她是那么让他喜欢,三个星期以后他就下定决心要娶她做妻子。他说不出这力量是从哪儿来到他身上的,但是他总用这句话来表达自己的感觉:"我着了魔了。"就好像娶她的渴望已经附着在他的身上,这欲望像地狱的力量控制着他。她失过足,这倒并不让他感到有多么严重;总之那是命中注定,丝毫也不能玷污她。他也不怨恨维克多·勒考克。

但是,如果本堂神父劝说不成功,他怎么办呢?这个忧虑折磨着他,他连想也不敢想。他已经走到本堂神父的住宅,在小木头栅栏旁边坐下,等着教士回来。

他在那儿等了大概一个钟头,听到路上有脚步声,尽管夜色很深,他很快就分辨出教士长袍的更黑的影子。他站起来,两腿发软,不敢问,也不敢知道。

教士发现是他,高兴地说:

"喂,我的孩子,成了。"

塞赛尔结结巴巴地说:

"成了?……不可能!"

"是的,我的孩子,不过也不是不费力气。你爹真是一头犟驴!"

农夫重复着:"不可能!"

"的确成了。你明天中午十二点钟来找我,好决定公布结婚预告①的事儿。"

农夫抓住本堂神父的手,紧紧地握住,摇晃着,揉搓着,一边结结巴巴地说:"真的……真的……真的……本堂神父先生……我用我正直人的良心担保……您星期天一定会看到我……来听您讲道。"

2

婚礼在十二月中旬举行。仪式很简单,因为新婚夫妇都不富裕。

塞赛尔穿着新衣裳,从早上八点钟就准备好去迎接新娘,领她去村政府;但是,因为太早了,他正坐在厨房的饭桌前,等着来跟他会合的亲友。

一个星期以来雪一直下个不停,褐色的土地,蕴含着秋

---

① 结婚预告:由权威机构发表的结婚告示,若在一定期间无人提出异议,结婚申请才可获得通过。此处由天主教本堂神父发表,可见教会在当时公共事务中影响仍然很大。

天播下的种子的土地,披上了一袭银装,在无垠的冰毯下沉睡。戴着白色软帽的茅屋里虽然很冷,庄院里圆圆的苹果树却像开花时节一样撒满了白粉,仿佛鲜花盛开。

这一天,北方大片的云,那载着泡沫般的雨水的灰色的云,已经消失得无影无踪,蓝天在白色的大地上空伸展,冉冉升起的太阳向大地投射下银色的光芒。

塞赛尔透过窗户向外看着,什么也不想,幸福满满。

门开了,进来两个女人,穿着节日服装的农妇,是新郎的姑母和表姐,接着是三个男人,他的表兄弟,接着是一个女邻居。他们在几张椅子上坐下,一动不动,一声不吭,女人们在厨房的一边,男人们在另一边,像为了参加一个仪式而聚集起来的人常有的那样,他们突然变得拘束和羞涩起来。过了一会儿,表兄弟中的一个问:

"还没到时间吗?"

塞赛尔回答：

"我想到了。"

"那好，就走吧。"对方说。

他们都站起来。这时塞赛尔突然有一种不安的感觉，便爬上杂物间的楼梯，看他父亲准备好没有。老人平常总是起得很早，现在却还没有露面。儿子发现他还躺在草垫子上，蜷缩在被毯里，睁着眼睛，气嘟嘟的。

他冲着他的耳膜大喊：

"喂，爹，快起来。举行婚礼的时间到了。"

聋子用痛苦的声音小声说：

"我起不来。我的脊梁几乎都冻僵了。我实在动不了啦。"

年轻人大吃一惊，看着他，猜想他在搞什么鬼。

"喂，爹，鼓一把劲。"

"我起不来。"

"来，我帮您。"

他向老年人俯下身，掀开他的被毯，抓住他的胳膊，把他扶起来。但是老人呻吟起来。

"哎哟！哎哟！哎哟！真倒霉！哎哟！哎哟！我不行

了。我的脊梁又僵又硬。一定是让这该死的屋顶漏进来的风吹的。"

塞赛尔明白自己劝不动他,生平第一次对他父亲发火了,对他大喊:

"好吧,我已经在波利特的客栈里订了酒席,您就别吃了。这会让您知道固执有什么好处。"

他走下楼梯,就上路了,亲戚和客人跟在他后面。

男人们都卷起了裤腿,免得拖在水里弄湿了;女人们把裙子提得高高的,露出她们精瘦的脚踝、灰色的毛袜、扫帚棍似的笔直骨感的细腿。所有人都迈着两腿摇晃着身子,一个接一个,一言不发,小心翼翼,不慌不忙,生怕走错了路,因为路面已经消失在平坦、均匀、绵延不断的雪毯底下。

走近一片庄园的时候,他们远远看到一两

个人等在那里；这些人也加入进来。仪式的队伍不断加长，沿着看不清轮廓的路蜿蜒前进，就像一串黑珠子连成的活动的念珠，在白色的原野上起起伏伏。

新娘家的门前，一大群人原地跺着脚，等着新郎。当他出现的时候，人们都对他欢呼致礼；塞莱斯特马上就从她的房间里走出来，穿着一件蓝色的连衣裙，披着一条红色的小围巾，头上插着橙树花。

不过每个人都问塞赛尔：

"你爹在哪儿？"

他尴尬地回答：

"他浑身痛，不能动。"

农民们都不相信，狡黠地摇着头。

大家便动身去村政府。一个农夫抱着维克多的孩子跟在新郎新娘后面，就像是去行洗礼似的；这帮农民两个两个地挎着胳膊在雪地上前进，仿佛摇摇晃晃行驶在海上的小船。

村长先在村政府的小屋里把新人们连接在一起，本堂神父又在仁慈上帝的简朴的家里把他们紧紧地结合。他祝福他们洞房快乐，儿女成群，然后向他们宣讲了夫妻间的操守，农村简单、健康的美德，勤劳、融洽和忠实；孩子着凉了，一直在新娘的背后哇哇地叫。

新婚夫妇再次出现在教堂门前的时候,墓园的壕沟里响起一阵枪声。只见几支枪管连连地冒着烟;接着露出一个脑袋看着仪式的队伍,那是维克多·勒考克在庆祝他的女友的婚事,祝她美满如意,用火枪的响声遥遥送去他的祝福。他约了几个朋友,五六个做农活的长工,做这次火枪齐射的表演。大家都觉得他做得很得体。

喜宴在波利特·卡什普吕纳的客栈里举行,二十份刀叉摆在逢集的日子供人们吃晚饭的大堂里;巨大的羊腿在烤钎上旋转着,烤得焦黄的禽肉流着油,昂杜依香肠[①]在熊熊的旺火中吱吱地响着,大堂里弥漫着浓厚的香味,肥油

---

① 昂杜依香肠:一种把加香料的动物下水灌入猪肠内做成的香肠。

淋在纯木炭上冒出的烟味,以及乡村食物的浓烈的气味。

中午十二点钟入席;浓汤马上流进每个人的盘子;人们的脸上已经喜笑颜开;一张张嘴都张大了高声说笑着;一双双眼睛都笑眯眯的,露出调皮的皱纹。当然,他们要好好乐一乐。

门开了,阿马布尔老爹走进来。他样子凶凶,怒气冲冲,拄着两根拐杖,步履艰难,走一步就呻吟一声,表示他很痛苦。

他一出现,人们都闭上了嘴;不过他的邻居马利乌瓦尔老爹,一个对别人的小诡计无不一目了然的爱开玩笑的胖子,像塞赛尔做的那样两手拢成喇叭,突然吼道:"哎,老机灵鬼,你的鼻子倒是真灵,从你家就闻到了波利特的厨房香味。"

众人的嗓子里爆出哄堂大笑;马利乌瓦尔受到成功的鼓舞,再接再厉地说:"要想镇痛,没有比一副昂杜依香肠膏药更管用的了!就一杯三六①,吃了准让你肚子发热!……"

男人们放声号叫,一边用拳头敲着桌子,侧着身子,像压唧筒似的前仰后合地大笑。女人们像母鸡一样咯咯地笑着。靠墙边站着的女佣们也笑弯了腰。只有阿马布尔老爹不

---

① 三六:法国诺曼底地区制造的一种烧酒,由一份酒精三份水配制而成。

笑，他一句话也不回答，只等着人家请他入席。

人们把他安置在长桌子的中间，他儿媳的对面，他一坐下就吃起来。反正是他儿子付钱，他只是取回自己的那一份。每一勺落到胃里的浓汤，每一口在他的牙龈上嚼碎的面包和肉，每一杯在他的喉咙里流过的苹果酒和葡萄酒，他都认为是从自己的财产中取回了一点什么，把所有这些狼吞虎咽的人吃下的他的钱取回了一点儿，总之，把他的财产挽救回来一丁点儿。他以几个苏也要藏起来的守财奴的执拗，以他不辞辛苦地耕作时那股可怜的顽强劲儿，一声不吭地吃着。

突然，他远远看见在桌子的一头，一个女人膝头上的塞莱斯特的孩子，他的眼睛就再也离不开这个孩子了。他继续吃着，眼睛却像拴在这个孩子身上似的，只见保姆时不时地往他嘴里放一点菜，孩子就嚼起来。这个幼儿的小嘴吃的那点儿东西，要比其他人大吃大嚼的所有东西更让他心疼。

喜酒一直吃到傍晚。然后人们就各自回家。

塞赛尔扶起阿马布尔老爹。

"喂，爹，该回去了。"他说。他把两支拐放到父亲手里。塞莱斯特怀里抱着孩子，他们就在白雪照得灰白的夜色里慢慢地往回走。耳聋的老人已经喝得七八成醉，酒劲让他的心更狠，他固执地不往前走。他甚至有好几次坐下来，有意让儿媳着凉。他一句话也不说，只一个劲地呻吟，发着长长的痛苦的哼唧声。

他们一回到家，他立刻就爬上他的顶楼杂物间，而塞赛尔在自己和妻子就要睡的那个深窝的旁边给孩子安了一张小床。不过新婚夫妻没有立刻睡着，他们听到老人在他的草垫子上久久地翻来覆去，甚至有好几次高声说话，也许是在说梦话，也许是在一个顽念的驱使下，没控制住，让自己的思想从嘴里溜了出来。

第二天，老爹从梯子上下来的时候，发现儿媳正在做家务。她对他大声说："喂，爹，快点，这浓汤可好吃了。"

她把盛满热气腾腾的浓汤的黑色圆瓦罐放在桌子的头上。他爱搭

不理地坐下，按他的老习惯，端起滚烫的罐子，在上面焐起手来。因为天很冷，他甚至把瓦罐紧贴在胸口，让滚烫的浓汤的热量进一点儿到他的身体里，进到他的被多少严冬冻僵了的衰老的身体里。

吃完饭，他找来他的拐杖，就走到结了冰的田野里去，一直到中午，一直到吃饭的时候才回家，因为他看到安置在一个大肥皂箱里的塞莱斯特的孩子还在睡觉。

他无法忍受现状。他像从前一样生活在这座茅屋里，但是他却好像不再在这里，他对什么都不再感兴趣，看着这些人，他的儿子、那个女人和那个孩子，就好像不认识的外人，从不跟他们说话。

冬天过去了。这个冬天长又冷。接着，初春又催生出幼芽；农民们重新像勤劳的蚂蚁一样，从黎明到夜晚，在田野里度过他们的白天，任随风吹雨打，沿着生产出人类食粮的棕色泥土的垄沟劳作。

这对新人很幸运，这一年的年景很好。庄稼生长得茂密而又旺盛；没有一点迟来的霜冻；苹果树的粉红色和白色的花瓣像雪花一样落满草地，预示着秋天果实会像雹子一般多产。

为了节省一个长工的代价，塞赛尔起早贪黑，辛勤地劳动。

妻子有时对他说：

"你老这么干，会累坏的。"

他总回答："绝不会，这我知道。"

可是，一天晚上，他回来的时候是那么疲乏，没吃饭就睡了。第二天，他在惯常的时间起床；但是他吃不下东西，尽管他从前一天晚上起就空着肚子；他不得不在下午中间就回来休息。夜里，他开始咳嗽，在草垫子上辗转反侧，浑身发烧，脑门滚烫，唇干舌燥，被火辣辣的干渴折磨着。

尽管这样，他还是天一亮就来到地里。但是第二天就不得不叫来医生，医生说他患了肺部的急性炎症，病得很厉害。

他再也离不开他睡觉的那个黑咕隆咚的壁龛。只听他在这洞的深处咳嗽、气喘和蠕动。要看他，给他喂药，给他拔火罐，必须放一支蜡烛在壁龛的入口。这时，就能看到在一张悬挂着、飘浮着、被空气吹

动着的厚厚的蜘蛛网下面，他那张被长胡子弄得脏兮兮的消瘦的脸。搁在灰色被毯上的病人的两只手就像死人的手一样。

塞莱斯特焦虑而又细心地护理他，给他喝药，给他敷发疱膏，在屋子里走来走去，忙个不停；而阿马布尔老爹总待在他的顶楼杂物间的边上，远远看着他的儿子正在里面奄奄待毙的黑洞。他仍然仇恨这个女人，像一只嫉妒的狗一样赌气，不愿意走过去。

又过了六天；一天早上，睡在地上两捆摊开的麦秸上的塞莱斯特走过去看她的男人是不是好些了，可是她再也听不到从他睡觉的深处传出的急促的喘息声。她非常害怕，问：

"喂，塞赛尔，你今天怎么样？"

他没有回答。

她把手伸出去摸，碰到的是他脸上冰凉的肉。她发出一声女人惊恐时长长的尖叫。他死了。

听到这叫喊声,耳聋的老人从梯子高处露出脸来;见塞莱斯特冲出去求救,他急忙下来,也去摸他儿子的脸,立刻就明白了,便走去把门从里面关上,以防这个女人回来重新占有他的房子,既然他的儿子已经死了。

然后,他就坐在死者身边的一张椅子上。

邻居们到了,又是叫喊,又是敲门。可是他全都听不见。其中一个人打碎了窗户的玻璃,跳进屋里,另一些人也跟着进来。门被打开了;塞莱斯特重新出现,她泪流满面,眼睛通红,脸都哭肿了。阿马布尔老爹失败了,这才闷声不吭地又爬上他顶楼的杂物间。

第二天出殡。仪式以后,庄园里就只剩下公公、儿媳和那个孩子。

到了平常吃午饭的时候,她点着火,做浓汤,把盘子放在桌子上;而老人坐在椅子上等着,好像根本没看她。

饭准备好了,她在他耳边大声说:

"喂,爹,该吃饭了。"

他站起来,在桌子一头的椅子上坐下,喝完罐子里的浓汤,吃了抹黄油的面包,喝了两杯苹果酒,就出去了。

正是那种风和日丽的日子,那种生命在发酵、悸动,整个大地花儿竞放的美好的日子。

阿马布尔老爹沿着一条小径在田野上走着。他看着鲜嫩的燕麦和鲜嫩的荞麦，一边想着他的躺在地底下的儿子，他的可怜的儿子。他迈着疲惫的步子走着，拖着两条腿，一瘸一拐的。孤零零一个人走在原野上，孤零零一个人游荡在蓝天下，正在成长的庄稼中间，孤零零一个人，和他能看得到在头上盘旋但听不到它们轻轻歌唱的云雀做伴，他一边走一边哭起来。

后来，他在一个池塘边坐下，待在那儿看着来喝水的小鸟，直到傍晚；然后，因为天黑了，他才回家，一声不吭地吃完晚饭，便爬上他的顶楼杂物间。

他的生活像从前一样在继续。什么也没有改变，除了他

的儿子塞赛尔现在睡在墓园里。

像他这样的老人,能做什么呢? 他不能再干活;他现在只能吃儿媳熬的浓汤。他默不作声地吃着,从早到晚,用愤愤不平的眼睛瞅着在他的对面,桌子的另一边,也在吃饭的小家伙。然后,他就走出门,像流浪汉似的满乡里游荡,躲在麦仓后面睡上一两个钟头,因为他怕被人们看见。然后,傍晚的时候,他就回家。

但是一个莫大的苦恼开始萦绕在塞莱斯特的心头。农田需要一个男人管理和劳动。必须有个人在那儿,经常在那儿,在田里;不是一个简单的雇工,而是一个真正的庄稼人,一个主事的人,懂得这一行,善于操持庄园的事务。单她一个女人是管理不了农事,跟踪不了粮食的价格,决定不了牲畜的买卖的。于是她逐渐有了一些想法,一些简单的又是实际的想法,整夜整夜地盘算着。她不能在一年内再婚,但又有些紧迫的利益,直接的利益,必须马上保住不可。

只有一个人能帮她摆脱困境:维克多·勒考克,她的儿子的父亲。他既勤劳,又懂地里的事情;如果他口袋里有一点钱,会是一个很出色的庄户人。她知道这一点,他在她父母家干活的时候她就了解他。

于是，有一天她见他拉着一车粪肥在大路上经过，就走出来找他。他看见是她，就停下车；她像前一天遇见过他一样，对他说：

"您好，维克多，还好吗？"

他回答："还好，您呢？"

"噢，我嘛，还好，只不过家里就我孤身一个人，地里的事有点麻烦。"

就这样，他们倚着沉重的大车的轮子，谈了很久。维克多挠着鸭舌帽下面的额头，思考着；她呢，面颊通红，起劲地说着她的理由、她的办法、她将来的计划。终于，他小声地说：

"行，可以这么办。"

她像谈成了一笔交易的农民那样张开手，问：

"就这么定了?"

他握着她伸过来的手:

"就这么定了。"

"那就星期日开始?"

"星期日开始。"

"那么,再见,维克多。"

"再见,乌尔布莱克太太。"

3

这个星期日是本村的节日,诺曼底人们叫作"赶会"的每年一度的本村的主保圣人①的节日。

一个星期以来,灰色或者淡红色的劣马慢步拉着赶会的卖艺者的车辆,在大路上络绎驶来,车里住着赶会的流动人家,经营彩票、射击和各种游戏的,以及表演农民们叫作"看稀罕"的节目的。

---

① 主保圣人:在信奉天主教的国家,经常奉天主教的圣母或者某个其他圣人为某个城市、村镇、教堂、部族或个人的(宗教意义上的)保护者,称为主保圣人。

肮脏的带篷两轮车，布帘飘舞着，一条可怜的狗低着脑袋在两个轮子之间跟着，一辆接一辆在村政府广场停下。接着，每个流动家庭前面搭起一个帐篷，透过帆布的窗眼可以看到里面有一些亮闪闪的东西，激起孩子们的欲望和好奇心。

从节日的早晨起，所有的木板房都打开门，展示它们琳琅满目的玻璃制品和瓷器；去望弥撒的农民们睁大了天真和满足的眼睛先睹为快，尽管他们每年都能看到这些简陋的商店。

下午刚开始，广场上就聚集起许多人。附近各个村庄都有农民赶来，马车像跷跷板一样颠簸着，铁部件叮当响着，他们和妻子孩子坐在两轮马车的长凳上摇晃着。车在朋友家卸了套；各家庄园的院子里摆满了奇形怪状的灰旧车辆，又高又瘦，像钩子似的，就像深海的长爪动物。每个家庭，娃娃们走在前，大人们迈着悠闲的步子跟在后，都面带微笑，甩开瘦骨嶙峋、习惯了劳动、歇着反而不自在的红红的大手。

一个变戏法的在吹喇叭；旋转木马的手摇风琴向空中放送幽怨跳跃的音符；摇彩的转筒发出撕布似的吱吱的响声；气枪一秒钟一秒钟地噼啪作响。人群像柔软的面团一样在木板房前缓缓移动，像羊群一样骚动，偶尔做出些笨重的牲口似的笨拙的动作。

姑娘们胳膊挽着胳膊，七八个人一群，叽叽喳喳地唱着歌；小伙子们身穿已经有些硬板、像蓝气球一样膨起的工作罩衫，歪戴的鸭舌帽压到耳朵上，嬉闹着跟在她们后面。

老板、长工和女佣，全乡人都聚集在那儿。

阿马布尔老爹也穿上他那近乎青色的老式常礼服，他也想看看庙会；这个机会他从来不错过。

他看过了摇奖，又在射击的摊子前面停下，瞧瞧能不能射中。他对一种很简单的游戏特别感兴趣，那游戏就是要把一个大木球抛进画在木板上的人张开的嘴里。

忽然有人拍了一下他的肩膀，原来是马利乌瓦尔老爹，邻居老头大声说："喂，老爷子，我请您喝一杯上等烧酒。"

他们在一个小酒店放在露天的桌子旁坐下。他们喝了一杯上等烧酒,又喝了第二杯,又加了第三杯。阿马布尔老爹又在庙会里逛起来。他的思想变得有点乱,他笑呵呵的,也不知道在笑什么。他笑呵呵地在摇彩机前面待了一会儿,笑呵呵地在旋转木马前面待了一会儿,特别是在打木偶游戏前面也笑呵呵地待了很长时间,就在这时,有人打倒了一个宪兵和本堂神父,他出自本能惧怕的两个权威人物,让他感到非常开心。然后,他又回到那个小酒店坐了一会儿,喝了一杯清凉的苹果酒。已经很晚了,天正黑下来。一个邻居提醒他:

"老爹,您要赶不上吃炖肉啦。"

他这才走上回庄园的路。柔和的黄昏,春季傍晚的和煦的黄昏,正慢慢降临大地。

他走到家门前的时候,透过照亮的窗户仿佛看到屋里有两个人。他非常惊讶,停了一会儿才走进去,发现维克多·勒考克坐在桌子旁,面前放着一满盘土豆,正在他儿子以前坐的位子上吃饭。

他猛地转过身,好像要走开一样。现在,天已经黑了。塞莱斯特站起来,对他大声说:

"来，爹，今天庆祝赶会，有好吃的炖肉。"

于是他毫无表情地服从，坐了下来。他轮番地看了看男的、女的和孩子。然后，他就像每天一样慢吞吞地吃起来。

维克多·勒考克就像在自己家一样，时不时地跟塞莱斯特说两句话，亲亲抱在腿上的孩子。塞莱斯特时不时地给他添一点吃的，倒一点喝的，跟他说话的时候看来心情很好。阿马布尔老爹听不见他们说什么，但是他一直目不转睛地追随着他们的一举一动。吃完饭（他心里烦乱，吃得也不多），他站起来，没有像每晚那样爬上他的顶楼杂物间，而是打开通向院子的门，走到田野里去。

他走出去以后，塞莱斯特有点担心地问：

"他这是怎么啦？"

维克多不动声色地回答：

"别担心。他走累了会回来的。"

她就做起家务活儿，刷盘子，擦桌子，而那个男人泰然地脱了衣服，钻进平常她跟塞赛尔睡觉的那个深深的黑洞。

通向院子的门又开了。阿马布尔老爹回来了。他一进屋，就像到处嗅的老狗一样探视各个角落。他在找维克多·勒考克。因为看不到维克多，他就拿起桌子上的蜡烛，走向他儿子死在里面的那个黑洞。看到那个男人盖着被毯躺在里头，已经睡了，聋子就轻轻地转过身，把蜡烛放回桌上，又走到院子里去。

塞莱斯特已经干完了家务活儿，哄孩子睡了，把一切都归置好了；她要等公公回来再躺到维克多身边去。

她坐在椅子上，有气无力，目光茫然。

可是公公总不回来，她不耐烦了，有点生气地嘀咕着："这个老没用的，害我们烧掉四个苏的蜡烛。"

维克多从壁龛深处回答：

"他在外面已经待一个多钟头了,要看看他是不是在门前的长凳子上睡着了。"

塞莱斯特说:"我去看看。"她站起来,拿起蜡烛,用手拢住烛光,好在黑夜里看得清楚些。

老爷子不在门前,也不在长凳上,他习惯坐在上面取暖的肥堆上也没有。

可是,就在她要回屋的时候,她偶然抬起头向庄园入口的那棵苹果树扫了一眼,突然发现两只脚,两只男人的脚,悬在她的脸这么高的高度。

她连声恐惧地叫喊:"维克多!维克多!维克多!"

维克多穿着衬衣就跑了出来,她紧张得说不出话。她扭过头去,怕再看见那棵树,但是用胳膊指着那个方向。

他一脸懵懂,接过蜡烛,想看个清楚;他发现在树叶中间,烛光从下面照亮的地方,阿马布尔老爹用马厩的笼头套

在脖子上，高高地吊着。

　　一把梯子还靠在那棵苹果树干上。维克多连忙跑去找来一把砍刀，爬到树上，砍断了绳子。但是老人的身体已经凉了，可怕地伸着舌头，一副骇人的表情。

一个疯子写的信*

＊ 本篇首次发表于一八八五年二月十七日出版的《吉尔·布拉斯报》，作者署名"莫弗里涅斯"；一九五七年首次收入阿尔班·米歇尔出版社出版的由阿尔贝－玛丽·施密特编的《莫泊桑中短篇小说集》第二卷。

亲爱的医生，我现在把我交到您的手里。您愿意怎么处置我就随您的便吧。

我要坦率地跟您说说我的奇怪的精神状态，好让您判断，是任由我经受幻觉和痛苦的折磨呢，还是把我送进疯人院治疗一段时间。

以下就是我的精神上的怪病的详细和准确的陈述。

我以前和大家一样生活，用睁着但是视而不见人类的眼睛看人生，既不惊讶，也不理解。我像牲畜一样生活，像我们所有人一样生活，完成生存的所有职责，审视并且以为看到了、以为知道了、以为认识了我周围的事物，直到有一天我发现一切都是错误的。

是孟德斯鸠①的一句话突然照亮了我的思想，他说："我

---

① 孟德斯鸠：本名夏尔－路易·德·瑟孔达（1689—1755），又称德·拉布莱德和德·孟德斯鸠男爵，法国启蒙运动思想家、法学家、作家，代表作有《论法的精神》《波斯人信札》《罗马盛衰原因史》等。

们的机体里多一个器官或者少一个器官，就会让我们具有另一种理智。

"……总之，一切法则都是在我们的机体以一定方式构造的这个基础上制定的，如果我们的机体不是以这种方式构造的，法则就会不同。"①

我一连几个月、几个月又几个月地思考过这个问题，逐渐地，一道奇异的亮光射进我的心里，但这亮光在那里造成了一片黑暗。

的确，我们的器官是外部世界和我们之间的唯一媒介。也就是说，构成"我"的内部存在，通过一些神经末梢和构成世界的外部存在进行接触。

然而，这外部存在，由于它的比例、它的寿命、它的无数不可参透的属性、它的起源、它的未来或它的归宿、它的遥远的形式以及它的无穷的表现等诸多原因，我们无法认识它；除此之外，关于我们可以认识的局部，我们的器官向我们提供的情况也不够多，而且很不确定。

---

① 此处引文出自孟德斯鸠为一七八三年出版的《百科全书》撰写的词条《论味觉》，只是莫泊桑将原文中"让我们具有另一种口才"改为"让我们具有另一种理智"。

不确定，因为只有我们的器官的性能能够确定物质的明显的属性。

不够多，因为我们的感官只有五个，而它们探究的范围和它们揭示的本能又十分有限。

我来解释一下。——眼睛向我们指出体积、形状和色彩。可是它在这三点上都在欺骗我们。

眼睛只能向我们揭示和人类大小成比例的中等体积的物体和生物，仅仅由于它的弱点限制了它不能了解对它来说太大和太小的东西，导致我们把"大"这个词用于某些东西，把"小"这个词用于另一些东西。由此可以得出结论：眼睛几乎什么也不知道，什么也看不见，几乎整个宇宙，从住在空间的星星到住在水滴里的微生物，对它来说都被隐藏了。

即使眼睛具有其正常能力一亿倍的视力，即使它能发现我们呼吸的空气中的各种看不见的生物以及邻近星球上的居民，还有无数种类更微小的生物和遥远得它达不到的世界。

既然大和小都不可能有极限，我们关于比例的所有观念便是错误的。

既然我们的判断仅仅是由一个器官的能力，而且时刻和我们自己做比较来决定的，我们对体积和形状的判断便没有任何绝对的价值。

让我们再补充一点,那就是眼睛也不能看见透明的东西。一个没有瑕疵的玻璃杯会骗人,它能和眼睛也看不见的空气混为一体,给它造成错觉。

我们再来谈颜色。光线投射在物体上,物体根据其化学成分吸收和分解光线,颜色之所以存在,就因为我们的眼睛的构造使它能把物体吸收和分解光线的不同方式以颜色的形式传递给大脑。

这吸收和这分解的千差万别的比例,构成了色调的深浅浓淡。

所以说是这个器官把它看的方式,或者更准确地说,把它认定体积和判断光线和物质的关系的武断方式强加给大脑。

让我们再来看看听觉。

比起眼睛来,听觉这个任性的器官对我们的玩弄和欺骗更加严重。

两个物体碰撞产生空气的某种振动。这个运动让我们耳朵里的某个小小的膜颤抖,这小片膜立即把实际上是一种震颤的现象变成声音。

自然是不会发声的。但鼓膜拥有一种神奇的特性,把空间看不见的波动的各种震颤,以感觉的形式,根据颤动次数的不同而不同的感觉方式,传递给我们。

由听觉神经在耳朵到大脑这个短短的路线之间完成的这种质变,使得我们能够创造出奇妙的艺术,即音乐,像梦幻一样朦胧,像数学一样精确,最富有诗意和最准确的艺术。

味觉和嗅觉又是怎么回事呢?如果没有我们的鼻子和我们的上颌的奇怪性能,我们能够知道香味和食物的质量吗?

然而没有听觉、味觉和嗅觉,也就是说没有声音、口味和气味的概念,人类仍然能够生存。

所以说,如果我们少了某些器官,我们会不知道一些令人赞叹的奇妙事物,但是如果我们多几个器官,我们会在周围发现无限其他的事物,而没有认定它们的手段,我们永远也想不到会有这些事物存在。

所以说,我们做出"已知"的决断时搞错了,我们周围尽是未勘察过的"未知"。

所以说,一切都是不确定的,是可以用不同的方式感知的。

一切都是错误的,一切都是可能的,一切都是可疑的。

让我们用一句古老的谚语来表达这一信念:"真理在比

利牛斯山这边,谬误在那边。"①

让我们说:"真理在我们的器官里,谬误就在近旁。"

在我们的大气圈以外,二加二很可能不再是四。

地球上的真理,在地球以外就是谬误,由此我得出结论:那些似乎看到但并未看清的神秘事物——电,催眠术,意志传递,暗示,各种磁气现象——对我们来说至今仍然神秘,就因为大自然没有提供给我们了解它们所必需的那个器官或者那些器官。

在确信我的感官向我揭示的一切只是对"我"而存在,像"我"看到的那样存在,而对不同构造的另一个存在来说会是完全不同的以后;在得出由于信仰的和谐只是人类器官相似的结果,神经末梢细微不同都会造成见解的分歧,因而不同构造的人类对世界、对生活、对一切的看法都会有与我们截然相反的结论以后,我的思想做了一番超人类的努力,去猜测包围我们的不可参透的存在。

我难道疯了吗?

---

① 此处引文出自法国哲学家、物理学家、数学家、散文家布莱兹·帕斯卡尔(1623—1682)的《思想录》。比利牛斯山是欧洲西南部最大的山脉,法国和西班牙分界的标志。

我对自己说:"我被未知的事物包围着。"我设想人类没有耳朵,像我们猜测那么多隐藏的神秘事物一样在猜测声音,在认定不知其性质也不知其来源的声学现象。我对自己周围的一切都产生了恐惧,恐惧空气,恐惧黑夜。既然我们几乎什么也不能了解,既然一切都是无限的,那么剩下的是什么呢?是空虚吗?那么在明显的空虚里又有什么呢?

对超自然的这种隐约恐惧,世界诞生以来就萦绕着人类。它是合情合理的,因为超自然不是别的,只是对我们依然隐藏着的东西!

于是我明白恐惧是怎么回事了。我似乎正在逐步接近发现一个宇宙的秘密。

我曾力图提高我的器官的能力,激励它们,让它们不时能感知不可见的事物。

我对自己说:"一切都是存在。在空气中掠过的叫喊是一种可以和牲畜相似的存在,既然它生出、产生一个运动,还会为了消亡而再一次变化。所以相信有无形的存在的胆小的人并没有错。可这些无形的存在又是什么呢?"

许多人感觉到了它们,在它们接近时瑟瑟发抖,和它们难以觉察地接触时心惊肉跳。人们感觉到它们就在自己身边，在自己周围，但是人们无法分辨出它们，因为我们没有能够看到它们的眼睛，或者说我们没有能够发现它们的未知器官。

而我呢，这些超自然的过客，我比任何人都更清楚地感觉到它们的存在。是真的存在还是神秘现象？我怎么知道？我说不清它们究竟是什么，但是我总可以指出它们的存在。我看见过——就像人们看见存在物一样——我看见过一个看不见的存在。

我经常整夜整夜地待在那里一动不动，坐在我的桌前，两手捧着脑袋，想着这个，想着它们。我经常以为有一只不可触知的手，或者说一个抓不着的身体，轻轻擦过我的头发。它没有碰我，因为它的本质不是血肉之躯，它的本质是不可称量、不可认识的。

然而，一天晚上，我听见地板在我身后咯吱响，而且响得很奇怪。我打了个寒战。我回过头。我什么也没看见。我便不再想它。

但是第二天，在同一时间，同样的声音又响了。我那么害怕，我站了起来，肯定，肯定，肯定屋里不只我一个人。然而什么也看不见。空气清澈，到处都透明。两盏灯照亮了所有的角落。

响声没有再开始,我逐渐平静下来;不过我仍然不安,我不时地回过头去。

第三天,我很早就把自己关在屋里,试探怎样能看见造访我的看不见的存在。

我看到它了。我差一点被吓死。

我把壁炉台上和分枝吊灯上的所有蜡烛都点亮了。屋子里就像节日里一样明亮。桌子上也点着两盏灯。

在我对面,是我的床,我的带柱子的橡木床。右边,是壁炉。左边,是我上了插销的门。在我身后,是一个带镜子的大衣橱。我往镜子里看了一下,我的眼睛很奇怪,瞳仁扩得老大。

然后,我又像每天那样坐下。

响声是前一天和大前天九点二十二分发生的,我等着。那个准确的时间一到,我就有了一种无法形容的感觉,就好像一种能量,一种无法抵制的超人的能量,从我的肉体的各个部分进入我的身体,把我的心淹没在强烈而又让人感到舒适的恐惧中。那咯吱声又响起,而且近在我身旁。

我站起来,回过头,动作是那么迅速,我差一点栽倒。

我看得像大白天一样清楚，但是我在镜子里却看不到自己！镜子是空的，清澈，充满了亮光。我不在镜子里，而我就在它对面。我用惊恐的眼睛看着镜子。我不敢走近它，我清楚地感到那看不见的东西就在我们之间，它，不可见的存在，是它挡住了我。

噢！我多么害怕！忽然，我开始在镜子深处的一片雾中，在隔着水似的雾中，影影绰绰看到了我；就好像这水从左向右慢慢地滑，我的形象也一秒钟比一秒钟更清晰，就好像一次日食结束。那挡住我的东西没有轮廓，而是一种逐渐变得清晰的穿不透的透明。

我终于像每天照镜子那样，可以清楚地看到自己了。

我看到它了！

我没有再看到它。

但是我一直等着它，我感到我的头脑正迷失在这等待中。

我一连几个钟头，几夜，几天，几个星期地待在镜子前，等它！它却不再来。

它明白我看到了它，而我呢，我感到我将会永远等它，一直等到死，我将在这面镜子前，像潜伏的猎人一样，无休止地等它。

可是在这面镜子里，我开始看到一些疯狂的形象，一些鬼怪，一些丑恶的尸体，各种可怕的野兽，凶残的生物，想必是纠缠在疯子们脑海里的各种难以置信的幻象。

这就是我的告白，亲爱的医生。请告诉我，我该怎么办？